사람은 무엇으로 크는가

부모들은 아이들에게 좋은 환경을 만들어주기 위해 노력한다. 좋은 환경이 아이들을 훌륭하게 키운다고 믿기 때문이다. 하지만 세상살이가 그리 순탄한 것만은 아니어서 부모들의 그러한 노력은 번번이 좌절에 부딪치곤 한다. 최근 우리의 삶을 휩쓸고 지나간 IMF 사태가 그러했다. 많은 부모들은 삶의 벼랑에 내몰려 좌절했다.

그러나, 다행스럽게도 아이들은 좋은 환경에서만 훌륭하게 자라는 것도 아니고, 좋은 것만 본다고 해서 훌륭하게 자라는 것도 아니다. 아이들은 때로 극악한 상황 속에서도 놀랍게 건강한 모습으로 자란다 무거운 돌을 밀어 올리고 돋아나는 새싹처럼 말이다. 그래서 우리는 묻지 않을 수 없다. 사람은 무엇으로 크는가? 이 책에는 그 소중한 대답이 들어 있다.

어린 아이의 보드라운 살을 만지고 있을 때 우리는 종종 말로 표현하기 어려운 감동을 받는다. 가슴의 저 밑바닥으로부터 가득히 차 오르는 따뜻함 같은 것, 아기의 진한 살 내음이 배어 있는 전율 같은 것, 그 감동은 도대체 어디로부터 오는 것일까? 그 감동은 부드러움으로부터 온다. 부드러움은 스스로 성장하는 생명의 본질이다. 말랑말랑하고 따뜻한 아이의 살결에서 우리는 생명의 본질을 느끼는 것이다.

연약한 것 같지만 강인한 자주성이야말로 생명의 본질이다. 만물의 영장인 인간은 그 자주성이 고도로 발현되어 있는 존재이다. 그렇기 때문에 단단함과 날카로움은 결코 아이들의 스스로 성장하는 부드러움을 이길 수 없다. 우리는 자주 너무 오만해서 아이들의 가슴속에 숨어 있는 생명의 힘, 자주적 힘을 보지 못한다.

사람은 무엇으로 크는가? 이 책은 IMF로 몰락한 집안에서 역경을 딛고 성장하는 청소년의 구체적 삶의 궤적을 통해 이 물음에 답하고 있다. 사람을 키우는 건 그 가슴속에 숨어 있는 자주성이다. 사람은 결코 만들어지는 존재가 아니라 스스로 성장하는 존재이다. 그렇기 때문에 우리에게 희망이 있다.

김진경 (작가, 교사)

둥지

둥지

최관석 지음

북하우스

책을 내면서

이 글을 쓰려고 막상 펜을 드니 두려움이 밀려왔다. 나에 대해서 갖고 있던 친구들의 생각을 깬다는 것은 많은 용기가 필요한 일이었다. 몇 번이나 연습장을 덮어놓고 잊어버리려고도 해보았다. 새벽까지 글을 쓰고 난 후 아침에 일어날 때면 포기하고 싶은 마음이 절로 들었다. 그러나 나는 다음날이면 또 쓰고 있었다.

초라한 아버지의 뒷모습을 시작으로 한 4년이란 세월은 하루하루가 끝이 없어 보였다. 막상 4년이 지난 지금 서 있는 자리에서 내가 걸어온 길을 돌아보기란 쉽지 않았다. 수없이 고개를 젖혀야 했고 눈시울을 적셔야 했다. 그럼에도 나는 뒤를 돌아보았다.

'포기'라는 단어를 외치기엔 4년이라는 시간이 내게 준 대가가 너무 컸다. '왜 나만 이렇게 살아야 하나'라는 불만이 없었다면 거짓말일 것이다. 그때마다 '살고 싶다, 잘살 때까지 살아보겠다'라는 분노 섞인 욕망이 머릿속을 지배하곤 했다.

세상에는 여러 가지 길이 있다. 인생을 살아가면서 내 앞에 펼쳐질 길이 어느 길이 될지는 모르겠지만 한 가지 길을 선택하여 살아가야 한다. 비록 그 길이 나의 의지에 의한 것이 아닐지라도, 어떤 험한 길이 될지라도 후회 없이 나의 의지로 견뎌내며 주어진 길을 걸어가겠다. 나에게 주어진 이상, 얼굴을 찡그리며 피하려고만 하는 것보다 웃으면서 맞서는 것이 낫지 않겠느냐는 것이 나의 생각이다.

이런 약속에 대한 증거의 하나로 지금부터 나는 내가 걸어온 길을 쓰고자 한다.

짧지만 길었던 시간을 정리하면서 학생시절을 마감하고 싶다. 이 책을 쓴다는 것도 나에게는 하나의 도전이었다. 그리고 앞으로 다가올 삶 또한 도전의 연속이라고 생각한다.

지나온 날들을 생각해보니 고마움을 표하고 싶은 사람들이 너무나 많다.

우선 중학교 때 나를 끝까지 믿어주셨던 류주형 선생님, 매를 아끼지 않으셨던 이성우 선생님, 제일 힘들었던 때 학교를 계속해서 다닐 수 있게 해주셨고 나의 인생 목표를 세울 수 있게 해주신 이미애 선생님, 고등학교 때 많은 말씀을 해주시던 이창근 선생님, 나를 볼 때마다 머리 위에 손을 얹고 생활 사정을 물어보시며 걱정해주신 김창경 선생님, 따스한 말 한마디, 진정한 격려로 마음을 녹여주시며 대학이라는 목표를 향해 성의껏 이끌어주시는 김옥진 선생님……

그리고 나의 친구들. 좋은 집 놔두고 매일 허름한 우리 집에서 놀던, 나의 사정을 알면서도 나를 따라주었고 나의 이야기를 들어주었던 영기, 초등학교 때부터 같이 놀고 같이 다니며 장난치던 호준이, 여름방학마다 서울에 오면 나를 찾아주고 내 이야기에 언제나 밝게 웃어주던 일본에 사는 민지, 나를 걱정하며 나에게 무언가 해줄 게 없는지 생각하고 항상 진지하게 나의 잘못된 점을 지적해주던 영훈이, 포기하고 싶을 때마다 격려해주고 새벽까지 원고를 읽어가며 교정해주던 정준이, 장난스러우면서도 많은 지침과 교훈을 준 창희, 고2 때 글을 쓰고 싶다는 내 이야기를 듣고 자신의 용돈을 털어 산 책 한 권을 건네주던 거송이, 정작 힘내라는 말은 못하고 조용히 삼겹살을 구워주던 준모, 작가의 꿈을 가지고 있는 진성이, 그리고 병률이, 병창이, 은택이, 용준이, 현기, 준열이, 원영이, 유중이, 동승이, 지식이……

공부할 때 먹을 것을 사주시며 격려해주신 조재진 아저씨, 그리고 최기남 아저씨, 유성이 누나…….

아버지 역할을 해주셨던 큰외삼촌과 작은이모부, 따뜻하게 대해주신 큰외숙모, 작은이모…….

나에게 이 사람들이 없었더라면 내가 어떻게 견뎌왔을까 싶다.

진심으로 고마움을 전한다.

2001년 11월

최관석

| 차 례 |

우리가 힘들게 일어서려고 할 때마다
운명은 우리의 의지를 꺾어놓았고,
그럴 때마다 우리는 살아남으려고 바둥거렸다.
오늘도 운명은 우리에게 묻는다. "싸울 텐가?"

프롤로그

세 번째 알람이 울렸다.

5시 30분. 눈은 떴으나 정신은 꿈속을 벗어나지 못하고 있다.

한눈에 들어오는 낯익은 방 천장. 우리 집이구나 하는 생각이 들면서 안도의 한숨이 절로 나온다.

내 옆에서 밤새 잠꼬대하면서 자고 있던 어머니는 벌써 일하러 나갔다. 어머니가 나갈 때 문 닫는 소리가 귓속에서 맴돈다. 이불에는 아직도 어머니의 온기가 남아 있다. 잠깐이지만 몸을 굴려 어머니 자리로 옮겨가본다.

그 옆에서는 누나가 자고 있다. 어제 과외를 하고 새벽 늦게 들어와 피곤한가 보다. 자기에게 돌아오는 돈 한푼 없는 과외를 하고…… 누나가 숨을 쉬고 있는지, 숨을 죽이고 누나의 숨소리를 확인하는 것도 나의 일과 중 하나다.

꿈과 현실의 경계선에서 아직도 헤어나오지 못하고 있는 상태. 억지로 일어나 잠을 떨쳐보려고 방문 바로 옆에 붙어 있는 화장실로 가서 찬물로 머리를 감아본다. 입에서 김이 나온다.

춥다. 다시 이불 속으로 들어가 좀더 자고 싶다는 생각이 세수를 하는 동안 머릿속을 수십 번 스쳐 지나간다.

다시 방으로 들어와 벽 한쪽에 걸려 있는 교복을 내려서 갈아입고, 부엌에 가서 냉장고 문을 연다. 부엌이라고 해봤자 방과 현관과 욕실이 만나는 길목에 있는 겨우 한 사람만이 서 있을 수 있는 공간이다.

냉장고 문을 열어본다. 역시 먹을 반찬이 없다. 물과 김치, 그리고 제때 먹지 못해 썩어버린 반찬들. 우유를 꺼낸다. 냉장고 문을 닫고 밥을 푸기 위해 밥솥을 연다. 얼굴에 와닿는 오래 된 밥 냄새가 코를 통해 밀려들어와 멈춰 있던 위를 자극한다. 속이 울렁거린다. 누런 밥을 퍼담아 바닥에 놓고 그 위에 우유를 붓고 섞는다. 냉장고 앞에서 쭈그리고 앉아서 먹는 아침식사. 한 수저를 퍼서 입 속으로 쑤셔넣어 삼키려 해보지만 목구멍에서 거부하며 받아들이지 않는다. 꾹 삼킨다. 그리고 물을 마시고…… 이 행위를 반복한다. 오늘을 견디고 내일을 준비하려면 먹기 싫어도 먹어야 한다.

5분 동안의 짧지만 긴 아침식사를 끝내고 책상으로 간다. 누나가 깨지 않게 뒤꿈치를 들고 사뿐히 걸어야 한다. 어제 누나와 함께 공부했던 영어 책이 놓여 있다. 가방을 챙긴다.

모든 준비가 끝났다. 방에서 다섯 걸음 밖에 있는 현관문을 살며시 열고 집을 나서자 싸늘한 새벽공기가 기다렸다는 듯이 얼굴을 감싼다. 어두워서 잘 보이지 않는 사람들의 얼굴. 그러나 보이지 않아도 알 만한, 매일 만나는 이들이다.

좁은 골목길에서 큰길까지 15분 정도 걸어 전철역에 도착한다.

6시 30분, 정확하다. 순간 열차 소리가 들려오고 급히 계단을 뛰어내려가 닫히려는 문 사이로 아슬아슬하게 들어간다. 이른 시각이라 빈자리가 몇 군데 눈에 띈다. 빈자리를 찾아 앉는다. 눈을 감는다.

어제는, 전근 가시는 선생님께 드리려고 옛 앨범을 뒤적였다. 태어날 때부터 돌을 지나 유치원에 들어간 후 친구들과 생일잔치를 하고, 초등학교에 입학하여 많은 추억들을 만들고, 좋은 일도 슬픈 일도 많았던 초등학교를 졸업하고 중학교에 입학하는 날까지.

옛 생각에 가슴이 뭉클거렸다. 다른 한편으로는 쓸쓸했다. 중학교 입학을 마지막으로 더 이상의 사진은 없었다. 나의 성장은 거기서 멈추어 있었다.

1997 길 한복판에 무너져 있는 집

길 한복판에 무너져 있는 집은 우리 집이었다.
화려했던 장식물들은 허드레로 변했다. 잡다한 쓰레기더미가
우리 집이란 것을 알아챈 것은, 혼자 서 있는 나를 발견하고서였다.
아무도 없는 곳에서.

창 밖으로는 사물을 분간할 수 없을 정도로 짙은 어둠이 세상을 점령하고 있었다.

집에는 누나와 나 둘밖에 없었고, 우리는 며칠 후면 쓸 새 교과서를 싸고 있었다. 새학년이 된다는 생각으로 부푼 가슴은 책을 싸는 동안에도 쉴 새 없이 두근거렸다.

새롭게 만나게 될 담임 선생님, 친구들 등등 여러 가지를 생각하고 있는데 전화가 울렸다. 나의 기분 좋은 상상 덩어리를 일순간에 깨버리는 전화기를 향해 걸어갔다.

"여보세요?"

"관석이니? 아빠다. 삼십 분 후에 아빠가 자주 가는 바베큐 집으로 오너라."

"누나도?"

"아니, 너만 나오너라."

왜 나만 부를까? 아버지가 누나만 부르면 불렀지 나 혼자 부른 경우는 처음이었다. 무언가 이상하다는 느낌이 들었다. 아버지가 왜 그럴까? 어떤 말을 하시려는 걸까?

약속 장소로 가는 동안 마음 한구석에는 불안한 마음이 커져가고 있었다.

바베큐집에 도착하여 가게 안으로 들어갔다. 아버지는 오른쪽 구석에 앉아서 술을 마시고 있었다. 테이블 위의 빈 술병은 두 병, 아버지는 이제 세 병째를 비워가고 있었다.

아버지 앞에 앉아 있은 지 20여 분이 지나도록 아버지는 아무 말이 없었다. 아버지의 근심 어린 얼굴을 본 나 역시 벙어리가 될 수밖에 없었다.

세 번째 술병의 마지막 한 방울이 컵 안으로 빨려들어가기가 바쁘게 아버지의 목을 타고 넘어갔다.

"나가자."

손도 대지 않은 안주를 뒤로 하고 아버지와 나는 바베큐집을 나왔다.

"관석아, 오락실 갈까?"

아버지의 뜬금없는 제안에 나의 두 눈이 커졌다.

"어? 오락실?"

아버지와 나는 비행기 게임을 했다. 한참을 게임에 몰입하고 있으니까 아버지가 조용히 말했다.

"관석아……."

"응? 왜에?"

"공부는 열심히 하고 있지?"

"응? 으응……."

네 개의 눈에서 나오는 두 시선은 정면에 있는 화면을 향한 채 대화가 계속되었다.

"아빠…… 외국에 간단다. 사업상 거기에서 오래 있어야 될 것 같아."

"응? 어디로 가는데? 언제 가는데?"

너무나 갑작스러운 말에 난 아버지의 말을 믿을 수가 없어서 질문을 계속해서 해댔다.

"그럼, 우리도 같이 가는 거야?"

"아니, 아빠 혼자 갈 거야. 아마 이번 주 안에 가게 될 거다."

"정말이야? 그런데 왜 이제야 말해? 거짓말이지? 거짓말한 거지?"

농담 한번 안 하는 아버지인 줄 알았지만 믿기 싫은 내 마음은 거짓말이라는 한 단어를 얻어내려고 아버지에게 반복해서 되물었다. 아버지의 대답은 없었다. 게임은 어느새 끝나 있었고 동전을 더 넣으라는 문구가 떴다. 더 이상 게임을 할 수가 없었다. 아버지와 나는 오락실을 나와서 집을 향해 걷기 시작했다. 내 마지막 질문이 있은 후 아버지는 아무 말도 없었다.

내 머릿속은 복잡하기 그지없었다. 귀를 스쳐 지나가는 자동차 소리, 아이들의 재잘거리는 소리가 모두 나에게는 요란한 소음으로밖에 들리지 않았다.

멀리서 우리 집의 형체가 보이기 시작했을 때였다. 침묵을 지키던 아버지가 입을 열었다.

"아빠가 그 동안 너한테 잘해주지 못해서 미안하구나."

"……."

"휴…… 관석아. 네가 크면 모든 것을 알게 될 거다. 그리고 아빠 없는 동안 집안에 남자라고는 너 혼자밖에 없는 거 알지? 네가 책임지고 엄마와 누나 지켜줘야 한다. 알았지? 아빠와 약속하는 거다."

좀처럼 이해가 되질 않았다.

'네가 크면 알게 될 거야.' 이 말이 무엇을 의미하는지, 또 알게 될 것이 무엇인지, 언제쯤 찾아낼 수 있을까? 아버지의 달라진 모습을 시작으로 작게는 나의 주변과 이웃, 나아가 나를 둘러싼 사회 전체가 서서히 변해가고 있었다.

*

그날 이후 두 달이 지난 오늘까지 아버지의 모습을 볼 수 없었다. 평소에 쓰던 로션, 스킨 등 그나마 작은 공간을 차지하고 있던 아버지의 물건들은 자취를 감췄다. 마지막 인사도 제대로 하지 않고 떠나버린 아버지에게 섭섭함을 느꼈다.

아버지가 없어도 가족들의 생활은 무리 없이 돌아가고 있었다. 어차피 아버지에게 집이라는 것은 몸만 쉬었다 가는 공간일 뿐이었다. 아버지는 회사일만 중요시하고 집안일에는 신경을 쓰지 않았다. 어쩌면 우리에게 아버지는 단지 '아버지'라는 명칭을 가진 형식적인 존재일 뿐 가족 내에서 차지하는 비중은 거의 없었던 건지도 모른다는 생각이 들었다.

아버지가 집을 떠난 후 집에는 동네 아줌마들이 하루가 멀다고 찾아왔다. 그런데 이상하게도 찾아오는 아줌마들의 얼굴은 결코 놀러 오는 표정이 아니었다. 누나와 내가 인사를 해도 건성으로 대답하는 경우가 대부분이었고 어떤 아줌마들은 우리에게 곱지 않은 시선을 보내면서 인사도 받지 않고 그냥 지나치기까지 했다. 모두가 아는 아줌마들이었고 한 달 전만 해도 어머니와 친했던 사람들이었기에 누나와 나는 의아해할 수밖에 없었다.

어느 날 학교에 가기 위해 집을 나서는데, 대문 바로 앞에 낚시복을 입은 아저씨가 앉아 있었다. 그냥 술 취한 사람이거나 잠깐 앉아서 쉬었다 갈 사람인가 보다 생각하며 지나치려고 하는데, 갑자기 그 아저씨가 나에게 말을 걸었다.

"학교 가니? 꼬마야?"

첫인상과는 달리 상냥한 어투였다. 내가 "네"라고 대답하기가 무섭게 그 아저씨는 물었다.

"아버지는 집에 들어오시니?"

"네?"

나는 확실한 대답을 하지 않았다. 모르는 사람이었고, 대답해야 할 이유도 없었으며, 우리 집을 노리고 있는 도둑일지도 모를 일이었다.

이른 아침인데도 남의 집 대문 밖에 앉아서 인사하는 그 아저씨의 모습을 한동안 같은 시각, 그 자리에서 늘 볼 수 있었다.

5월에는 법원에서 전보가 날아왔다. 무슨 일인지는 잘 모르겠지만 법원에 출석하라는 안내문이었으며 어머니는 그 일로 법원과 변호사 사무실에 자주 들락날락거렸다. 어머니가 마지막으로 법원에 간 뒤 한 달 후에는 거실 벽면 거울 뒤에 공책 크기만한 빨간 종이가 붙여졌다. 거실에서 누나와 장난을 치다가 우연히 그 종이를 발견했다. 어머니에게 이 종이가 무엇이냐고 물어보니 어머니는 별거 아니라고 말했다. 누나와 나는 호기심이 가득했지만, 어머니의 말에 곧 대수롭지 않게 여

겼고 시간이 지나면서 서서히 잊어가고 있었다.

집안에서는 어머니와 할아버지의 말다툼이 있었다. 어느 날 학교에 다녀와서 보니 거실에서 할아버지가 통장을 거실 바닥에 내던지면서 돈이 적다며 어머니에게 고함을 질렀다. 어머니의 얼굴에는 당황한 기색이 역력했다. 나 역시 당황했다. 할아버지와 어머니가 싸운 일은 처음이었을 뿐만 아니라 14년 동안 같이 살아오면서 항상 보아왔던 할아버지의 인자한 모습이 아니었기 때문이었다.

새학년이 되고부터 학교에 갔다 오면 집에는 나 혼자 있는 날이 많아졌다. 집안 분위기가 바뀌었다는 것을 느꼈다. 우선 집안에서 돌고 있는 공기부터 변했다. 그렇지만 아직까지 이러한 변화가 무엇을 의미하는 것인지 자세히 알지 못한 채 하루하루가 지나갔다.

*

드디어 터졌다. 방 안에서 공부하고 있노라니 거실에서 고성이 오고갔다. 그러나 두 사람이 싸우는 것 같은 목소리는 사실, 하나의 입에서 나오는 소리였다. 일방적으로 꽥꽥 질러대는 하나의 목소리였다.

더 이상 공부할 수가 없어서 방문에 귀를 가져다 대고 자세히 들어보니 C아줌마 목소리였다. 어머니는 한마디 반박도 못하는 듯하였다. 나가서 어머니를 도와드려야 된다고 머릿속에서는 되뇌고 있었지만 몸이 움직이지 않았다. 발바닥에 접착제가 묻은 것처럼 방바닥에 떡 하니 붙은 채 오들오들 떨고 있었다. 머릿속에서는 '내가 만약 나가게 되면'이라는 주제로 사건 전개가 펼쳐지고 있었다.

C아줌마가 돌아간 후에야 누나와 나는 방 안에서 나와 어머니에게 갔다. 누나가 먼저 말을 꺼냈다.

"엄마? 괜찮아?"

"응, 그래. 괜찮으니까 너희는 걱정 말고 들어가서 공부해. 아무 일도 아니야."

"……."

아무 일도 아니라니. 생전 가보시도 않은 법원에서 선보가 날아오고, 하루아침에 동네 아줌마들은 우리를 대하는 태도가 변하였고, 어머니는 할아버지와 싸우고. 누가 이런 상황에서 공부를 할 수 있겠는가? (그렇지만 누나는 공부를 했다.) 바보라 해도 무슨 일이 있다는 것을 알아차릴 것이다.

지금까지 일어난 일들을 생각해보니, 그 시작은 아버지가 떠나고 난 다음날부터였다.

철이 없던 누나와 나는, 그렇지 않아도 마음이 심란한 어머니에게 불만을 토로했다. 거실에 앉아 있는 어머니에게 누나와 내가 다가갔다.

"엄마, 요즘 우리 집 왜 이런 거야? 응? 이상하단 말이야!"

역시 누나였다.

"아무 일도 아니라니까! 너희는 걱정하지 마."

"이런 상황에서 어떻게 아무 걱정도 안 하면서 공부 할 수 있겠어?"

"……."

어머니는 생각에 잠겼다.

"정말 불안하단 말이야. 가끔도 아니고 이게 뭐야! 매일같이."

"……."

더 이상 하고 싶은 말이 없었다. 이제 어머니의 대답을 들을 차례였다.

"알았다. 안방으로 들어오너라."

얼마 전까지만 해도 어머니와 아버지 두 분이 앉아 계셨던 안방은 이제 어머니 혼자 쓰기에는 허전하다는 생각이 들 정도로 너무 커 보였다.

어머니는 우리를 앉히고는 한숨을 한번 쉬더니 얘기하기 시작하였다.

"어떻게 말해야 할지 모르겠구나. 지금부터 엄마가 무슨 말을 해도 너무 놀라지 말고 듣거라…… 너희들도 요즘 집안이 변했다는 것을 느꼈지?…… 아빠 하시던 사업이 부도가 났어. 음…… 그러니까 이제 사업을 그만 하시게 되었단다. 그리고 아버지는 지금 피해 계시고……."

방으로 들어와서 머리를 굴려보아도 정확한 답이 떠오르질 않았다. 우선 '부도'라는 낱말 뜻부터 몰랐다. 사전을 찾아봐도 알 수 없었다.

누나 방으로 갔다. 누나의 표정이 심상치 않은 것으로 보아 누나는 알고 있는 듯하였다.

"누나, 부도가 뭐야?"

"망했다는 거야."

*

아버지는 봄을 피하기 위해 다른 곳에서 생활하고 있었다. 어머니에게 아버지가 어디 계시냐고 물어보았지만, 어머니도 모른다며 고개를 저으셨다. 그렇지만 어머니는 알고 있었다. 내 생각이지만 어머니가 우리에게 말했다가는 우리가 채권자들에게 말해버릴 수 있다고 판단한 것 같다.

'망했다는 거야.'

누나의 대답은 짧고 간단했다. 망했다는 말을 듣고도 나는 심리적인 변화가 없었다. 나에게까지 직접적인 영향이 오지 않았기 때문이다. 한 가정이 망했다는 것이 얼마나 무서운 것인지 나는 몰랐다. 사람은 자기가 직접 겪지 않는 한 몇 번을 설명해도 모른다는 말이 맞다. 달리 말해서 우리가 아무리 힘들게 살았다고 구비구비 밤새 얘기해도 '그렇구나'라고 수긍만 할 수 있을 뿐이다.

아버지가 안 계시고 나서 식구는 할아버지, 어머니, 그리고 누나, 마지막으로 우리 집 수호꾼 하마(개), 이렇게 다섯 식구가 남았다. 할아버지는 친구분들 댁에 매일같이 가느라 모습을 볼 수 없었고, 어머니는 아버지 일들을 뒤처리하느라 여기저기 뛰어다녔다. 누나는 광화문에 있는 이화외고에 다니고 있었으며, 새벽 6시에 나가서 늦은 11시에 들어오기 때문에 주말에나 얼굴을 볼 수 있을 정도였다.

결국 나 혼자였다. 학교에서 돌아와 집 현관문을 열면 마치 마을 회관처럼 이 사람 저 사람들이 자주 드나든 듯한 낯선 공기가 몸을 감싸 왔다. 언제나 적막감에 휩싸여 있는 벽을 깨는 것은 내 몫이었다. 웃으면서 가방을 받아주고 간식을 갖다주던 어머니의 모습은 이제 볼 수 없었다.

하루 일과 중 하나인 텔레비전을 보고 있으면 누군가가 문을 두드렸다. 어머니인가? 기쁜 마음으로 문을 열면 채권자들 아니면 빚쟁이들이었다. 그렇다. 찾아오는 사람들을 상대하는 것은 항상 나였다.

우리 집 문지기 '하마'는 언제나 나만 보면 좋아서 난리가 난다. 최근에는 산책도 같이 못 해주어서 미안한 마음이 든다. 빚쟁이들이 찾아오면 정신없이 짖어댄다. 신기한 것은 빚쟁이들만 오면 짖어댄다는 것이다. 사람들의 마음을 발소리로 느끼나 보다.

*

'어? 아빠? 언제 왔어?'

아버지가 눈앞에 서 있다. 얼마 만에 보는 건가? 두 방울의 눈물이 눈꼬리를 타고 흘러내리며 긴 물줄기를 만든다. 굳게 닫고 여지껏 보이지 않았던 눈물이 아버지를 보자마자 터져버렸다.

아버지의 손을 잡고 싶다. 그러나 아버지는 웃기만 할 뿐 움식이실 않는다. 나는 아버지에게 달려가면서 소리친다.

'아빠! 나 여태까지 울지 않고 꿋꿋하게 버텨왔어요. 이제 떠나지 않을 거죠? 우리 함께 살아요. 영원……'

쾅 쾅 쾅 쾅…….

쾅 쾅 쾅 쾅…….

크르릉 멍 멍 멍 멍…….

문이 부서질 정도로 쳐대는 소리와 그 소리를 경계하는 하마의 짖는 소리가 고막을 잡아뜯었다. 한줄기의 빛에 실려 꿈속에서 현실로 의식이 순식간에 옮겨오면서 눈이 번쩍 뜨였다. 눈물은 아직 마르지 않은 채 눈꼬리에서 촉촉하게 망울을 이루며 남아 있었다.

시계를 보니 6시를 넘어서고 있었다. 시선은 천장을 향한 채 '지금쯤 어머니가 문을 열어주러 나가겠지' 생각하면서 다음에 전개될 정해진 시나리오를 떠올리고 있었다.

'아줌마들이 들어와서 돈 달라고 난리 법석을 피울 테고 어머니는 조금만 더 기다려달라고 할 거고……'

쾅 쾅 쾅 쾅 쾅…….

소리는 절정을 이루면서 연결고리의 마찰음은 이제 한계에 달했음을 알려주었다.

'어머니가 안 계신가 보네? 아침 일찍 어디 가셨지?'

결국 내가 문을 열어야 했다. 쉴 새 없이 문을 두드리는 소리는 옷 입을 틈도 주지 않았다. 나는 속옷만 입은 채 현관으로 나갔다.

"누구세요?"

형식적인 인사를 건네며 짜증이 가득 담긴 얼굴로 문을 열었다. 그리고 겨울의 문턱에 다가선 11월의 차가운 공기와 함께 눈앞에 펼쳐지는 광경, 그것은 도저히 믿을 수가 없는 것이었다.

건장한 아저씨들 여섯 명 정도가 줄지어 서 있었다. 모두 처음 보는 얼굴들이었고, 한결같이 공사 현장에서 입는 작업복들을 입고 있었으며, 양손에는 망치, 드라이버 등 철물점이나 공사장에서만 볼 수 있음직한, 이른 아침부터 가지고 다니기엔 어색한 연장들을 하나씩 들고 있었다. 뭐라고 해야 될지 모르겠다. 그저 심장만이 폐와 갈비뼈를 두드리며 제 역할을 하고 있었다. 그러나 그 사람들이 도둑이라는 생각은 전혀 들지 않았다.

제일 앞에 서 있는 아저씨가 입을 열었다.

"어른 계시냐?"

감정이 전혀 섞이지 않은 목소리였다.

"지금 안 계시는 것 같은데요."

잔뜩 짜증이 났는데도 목소리는 기어들어가듯 희미하게 나왔다.

"자식들만 놔두고 도망갔나 봐요. 그냥 시작하죠."

두 번째 서 있던 아저씨의 말.

나머지 네댓 명의 아저씨들은 고개를 끄덕이며 동의했고, 그들은 주인의 허락도 없이 집으로 들어오기 시작했다.

'도망'이라는 단어가 머릿속으로 들어와 뇌에 박히더니 모든 사고 회로를 끊어버려서, 밀려들어오는 아저씨들을 저지할 틈도 없었다. 무엇인가 떠오르기는 하는데, 태양 빛에 노출된 필름처럼 머릿속에 떠오르는 영상은 뿌옇게 흐려졌다. 진실인지 거짓인지의 여부도 판단하지 않고 그 아저씨들의 말대로 도망갔다고 결론을 내린 나는 짧은 시간이지만 누나와 나 둘이서 어떻게 '살아가야 하지?' 하는 걱정까지 했다.

아저씨들이 집으로 들어와 무엇을 하는지도 모른 채 난 여전히 열려진 문을 응시하고 있었다. 경직되어 있는 사고를 되돌려준 것은, 마지막으로 들어오던 한 아저씨가 망치로 현관문을 부수는 소리였다. 그제서야 난 심상치 않은 일이 일어난 것을 온몸으로 느꼈고 안방으로 뛰어갔다.

이게 웬일인가? 안방의 모습을 본 나는 또 한번 놀랄 수밖에 없었다. 한 아저씨가 커튼을 부욱 찢어 방바닥에 펼쳐놓자 또 한 아저씨가 장롱에서 옷을 죄다 꺼내 바닥에 깔려 있는 커튼 위로 쌓기 시작했다.

내 방으로 뛰어갔다. 거기 아저씨는 침대 나사를 풀어 침대를 하나씩 해체하고 나더니 컴퓨터를 분리하기 시작했다. 현재 일어나는 상황을 도저히 이해할 수가 없었다.

속이 텅 비어버린 가구들과 가전제품들은 하나씩 밖으로 실려나갔다. 시간이 갈수록 집 안에 있는 물건들은 줄어들었고, 반면에 집 밖에는 물건들이 하나 둘씩 급속도로 늘어가면서 대조를 이루었다. 그 상황에서 내가 할 수 있는 일이란 아무것도 없었다. '꼬마주인'이란 호칭이 붙은 허수아비일 뿐이었다.

내 방에 있는 한 아저씨를 붙잡고 따졌다.

"지금 이게 뭐 하는 거예요?"

"넌 알 거 없으니까 옷이나 입어라."

나는 어리지만 지금 집에 어른이 아무도 없는 이상 어엿한 주인이다. 그러나 더 이상 물을 수가 없었다. 소심한 반항은 단 한마디로 끝이 났다.

옷을 입으려고 갈색 원목에 양 사이드로 녹색 테가 있는 나만의 장롱을 열어보니 아무것도 없었다. 이미 내 옷도 내 방 커튼에 싸여서 밖으로 나간 지 오래였다.

그 와중에 무슨 생각에서였는지는 모르겠지만 책가방을 들고 안방으로 가서 문갑을 열고 어머니 지갑과 금, 보석 등 귀중품을 가방 안에 부었다. 그리고는 다시 내 방으로 돌아와 교과서를 챙겼다.

마음을 진정시키려고 '어머니가 곧 오겠지'라며 입으로 중얼거렸지만, 마음 한구석에서는 조금 전에 그 아저씨가 말했던 '도망'이라는 단어가 꿈틀거리고 있었다.

여전히 나는 속옷 차림이었다. 창피도 무릅쓰고, 계속해서 짖어 목이 쉰 하마를 데리고 밖으로 나와 무질서하게 쌓여 있는 옷이 들어 있는 커튼 사이사이로 비집고 들어가서 교복을 찾기 시작했다. 내 옷이 어디에 담겨 있는지 도대체 알 수 없었기에 교복 찾기는 쉽지 않았다. 한참을 찾고 있으니 멀리서 나의 이름을 부르는 낯익은 목소리가 들려왔다. 설마.

어머니를 본 순간 눈물이 핑 돌면서 흘러내렸다. 너무나 무서웠다. 나 혼자서 당당하게 보이려고 무서움을 참고 있었다. 어머니는, 속옷바람에 가방을 메고 한 손에는 하마를 잡고 짐을 뒤지고 있는 내 모습을 보더니 눈이 휘둥그레졌다.

"왜 그러니? 무슨 일이니? 지금 학교 갈 시간도 아니잖아. 어라? 이거 우리 짐이잖아?"

난 눈물과 불규칙적인 호흡 때문에 말을 할 수가 없어서 고개를 들어 집을 가리켰다. 어머니는 고개를 돌려 집을 보더니 눈이 더욱 커졌다.

"관석아, 너 빨리 교복 찾아서 입고 기다리고 있어."

어머니는 계단을 뛰어올라갔다.

옷더미에서 구겨질 대로 구겨진 교복을 겨우 찾아 입었다. 교복을 입고 나서야 흩어졌던 이성을 되찾을 수 있었고, 할아버지를 떠올리기가 무섭게 할아버지가 위층에서 내려왔다. 문이 부서질 정도로 시끄러웠고 집 안의 짐들이 밖으로 실려나가고 있는 상황에서도 모습을 보이지 않다가 어머니의 목소리가 들리자 내려온 것이다. 할아버지의 모습 속에서 며칠 전 어머니가 아줌마들과 싸울 때 나의 모습이 보였다. 생각은 '그날 엄마는 방 안에서 꼼짝 않던 나를 어떻게 생각하였을까?'로 발전하였다.

눈물 위에 눈물이 자꾸만 쏟아져내려 앞을 보지 못하고 있을 때였다. 누군가가 내 어깨에 손을 올리더니 나를 불렀다. 뒤를 돌아보니 옆집 한나누나 아줌마였다. 그 뒤로는 이웃집 아줌마들이 여러 명 서서 몰락한 한 가정을 동정 어린 눈빛으로 지켜보고 있었다. 한나아줌마께서는 내 손에 만원을 쥐어주시더니 걱정 말고 학교에 가라고 말씀하셨다.

아줌마들의 위로를 받으며 학교를 향해 걸었다. 집 근처 상점을 지나치려 할 때였다. 상점 앞에 친척 한 분이 서 있었다. 얼굴만 기억날 정도로 한두 번 본 오촌쯤 되었다.

이 시간에 왜 여기에 있는지 궁금했지만 신경쓸 여유가 없어 인사만 꾸벅 하고 지나칠 생각이었다.

"아침 먹지 못했지? 여기서 뭐 좀 먹을래? 아저씨가 사줄게."

아저씨가 웃으면서 나에게 말을 건넸다.

"아니에요."

아침 안 먹은 것을 어떻게 알았는지 놀랐지만 어차피 먹어도 넘어가지 않을 것 같아서 거절했다.

'참 친절한 분이구나!'

너무 울어서 부을 대로 부은 눈을 해서 문방구를 지나치려 할 때 아저씨들 사이에서 홀로 서 있는 어머니가 문득 생각났다. 나는 걸음을 멈추었다가, 다시 학교 쪽으로 두 발짝 갔다가, 돌아서서 집 쪽으로 두 발짝, 이렇게 걷기를 수차례 반복하다가 결국 집을 향해 뛰었다.

감지 못해 서로 엉켜서 가발처럼 되어버린 머리가 거추장스러웠다.

언덕 위로 뛰어올라가는데, 멀리 조금 전에 친척 아저씨를 보았던 상점 앞에서 두 사람이 엉켜 싸우는 모습이 희미하게 보였다.

거리가 가까워짐에 따라 희미한 그림자로 있었던 두 형체는 어머니와 친척 아저씨가 되었다. 싸움이라기보다 어머니의 일방적인 폭행이었다. 어머니는 정신이 나간 것처럼 소리를 지르며 주먹과 발을 내질렀다.

마치 어머니가 괜한 사람한테 화풀이를 하는 것 같았다. 정신적인 충격으로 어머니가 이성을 잃은 것으로 생각했다.

나는 처음 보는 어머니의 그런 모습에 뛰던 것을 멈추고는 걸어갔다. 도저히 어떻게 해야 할지 엄두가 나지 않았다.

"야! 네가 인간이야? 어떻게 친척이라는 놈이 이럴 수가 있어? 어떻게 집을 뺏을 수가 있냐고!"

움직이던 팔마저 멈추었다. 모든 움직임이 멈추었다. 눈꺼풀과 눈동자는 경직되어서 어떤 미세한 움직임도 보이지 않았다.

어머니의 말 한마디에 나의 모든 움직임이 멈추었다.

나는 뛰어가던 방향에서 몸을 돌렸다.

그러고는 아무 생각을 하지 않으려 학교를 향해 미친 듯이 뛰었다.

*

학교라는 커다란 공간의 매력은 집에서 괴로웠던 일, 힘들었던 일이 있어도 그 일들을 새까맣게 잊게 해주는 데 있다. 교실에 들어서면 아무 일도 없었다는 듯이 즐거운 마음이 된다. 학교에는 친구들이 있어서 친구들의 즐거운 얼굴을 보면 같이 동화되기 때문이 아닌가 싶다.

그러나 아침에 일어난 일을 받아들이고 정리하느라 수업에 집중할 수가 없었다. 어머니를 혼자 두고 온 마음은 걱정스럽다 못해 죄책감으로 번져 수업시간 내내 나를 괴롭혔다. 지금 일어나고 있는 일들이 꿈은 아닐까? 그러나 꿈은 아니었다.

2교시 국사시간이 시작되었다. 국사 선생님의 말씀과 학생들이 펜을 굴리는 소리만 울리고 있는 수업시간의 분위기는 누군가가 교실 문을 열면서 깨지고 말았다.

반 전체 학생들의 시선은 교실 문을 향했고, 시선을 받으면서 들어온 분은 1학년 때 담임 선생님이었던 류수형 선생님이셨다. 선생님께서는 수업중 죄송하다며 인사를 하시고는, "관석이 학생 좀……" 하고 나를 부르셨다. 그리고는 이리저리 눈을 굴려 나를 찾으시더니, 말씀하셨다.

"가방 챙겨가지고 나오너라."

난 낌새를 알아차릴 수 있었다. 같은 반 친구들의 부러움의 눈초리를 뒤로 한 채 교실을 나와 정문 앞까지 류주형 선생님과 함께 걸어갔다.

"집에 일이 있다고 어머니께서 지금 바로 오라는구나. K아줌마 댁이라고 전하면 안다고 하시던데."

"네, 알아요……."

최대한 밝게 보이려고 웃으면서 말하려 했지만, 눈이 아직도 부기가 가라앉지 않은 상태여서 웃으면 웃을수록 얼굴이 자꾸만 구겨졌다.

교문을 나서기 직전이었다. 선생님께서는 나를 한번 지그시 바라보시더니 꼬옥 껴안아주셨다. 사람에게서 나오는 따뜻함이란 이런 것일까? 선생님의 포옹은 불안에 떨고 있는 마음을 진정시켜주었다.

"관석아, 힘들어도 참고 견뎌내거라. 언젠가는 꼭 좋은 날이 올 거다. 힘내야 한다."

선생님의 마지막 한마디. 선생님께서는 알고 계셨는지도 모르겠다. 앞으로 내게 닥칠 삶이 힘들어진다는 것을.

K아줌마 댁에 도착하여 초인종을 누르고 안으로 들어갔다. 어머니와 친한 분이라서 전에 몇 번 놀러 왔었기에 찾는 데는 어려움이 없었다.

아침에 짧게나마 본 어머니는 K아줌마와 거실에 앉아 있었다. 어머니의 눈은 나보다 더 많이 부어 있었다. 내가 오기 전까지 계속 울고 계셨는지 손에는 축축하게 젖은 손수건이 들려 있었다.

난 앉자마자 가방에서 어머니의 지갑과 귀중품들을 꺼내놓았다. 어머니는 놀라더니 잃어버린 줄 알았다며 안도의 한숨을 내쉬었고, K아줌마께서는 어떻게 그 상황에서 그런 것들을 챙길 생각을 했냐며 대견해하셨다.

집은 아침에 본 친척 아저씨에게 넘어갔다. 아버지가 떠나면서 우리에게 집이라도 남기려고 명의를 친척 아저씨에게 돌려놓았다. 어머니 이름으로 해놓아도 빚쟁이들에게 뺏길 것이 분명하였다. 그렇다고 너무 친한 친척한테 맡겨도 빚쟁이들에게 뺏길 위험이 있었다. 그래서 안면이 있는 친척한테 명의를 돌려놓았는데, 시도는 좋았지만 뒤통수를 얻어맞은 것이다.

친척이란 사람은 자신의 집이라고 법원에 소송을 걸었다. 어머니가 지난 5월 법원에 자주 다닌 것도 이 때문이었다. 어머니는 법원에 여러 사정을 이야기했지만 소용이 없었다. 진 것이다. 아버지의 잘못된 뒤처리로 눈앞에서 우리 집을 뺏겼다. 그러나 아버지의 잘못만은 아니었다. 아버지의 조치는 어디까지나 우리 가족을 위한 것이었다.

잘못이 있다면 사람의 마음이었다. 어떻게 친척이라는 사람이 이럴 수가 있는 것인가. 상식으로는 설명할 수가 없었다. 피로 맺어진 친족 관계에서도 부를 챙기는 사람의 이기적인 마음은 당할 도리가 없었다. 그러나 꼭 이렇게까지 했어야 했는가. 참을 수가 없었다. 울분이 치밀어올랐다. 허탈, 분노, 절망……, 여러 감정이 뒤섞여 쏟아졌다.

더욱이 할 말을 잃게 만든 것은 내가 어렸을 때부터 믿고 따랐던 할아버지였다. 어머니는 아무리 소송에서 져도 사람이 살고 있는 이상 함부로 쫓아낼 수 없다며 의아해하였다. 그러자 할아버지가 어머니에게 말하길, 몇 달 전 할아버지는 친척 아저씨한테 돈을 받고 서류에 어머니 몰래 서명을 했다고 한다.

오늘처럼 할아버지가 미운 적은 없었다. 아무리 돈이 좋다고 해도 할아버지의 처사를 이해할 수 없었다. 뒤통수를 두 번 얻어맞은 기분이었다.

어른들에 의해서 처음으로 배신이라는 단어를 쓰라리게 맛보았다. 이런 것이 어른들이 살아가는 방식인가? 앞으로 이 사회에 발을 내디뎌야 한다는 생각이 두려움을 자아냈다.

*

K아줌마 댁을 나와, 어머니와 함께 방을 구하러 다녔다. 누나는 아침 일찍 등교를 하고 아직 학교에서 공부하고 있어서 오늘 일어난 일을 모르고 있었다.

어머니는 누나 학교에 전화를 걸었다.

"여보세요? 저 일학년 이반 민영이 학생 좀 바꿔주실 수 있나요? 집안에 급한 사정이 생겼거든요."

누나가 전화를 받기를 기다리는 동안 어머니는 누나에게 할 말을 고민하고 있는 듯했다.

"여보세요?"

"민영이니? 엄마야. 오늘 작은이모네서 자고 와. 알았지? 오늘 새벽에 누가 찾아올 거 같거든."

"응, 알았어."

이상한 낌새를 알아차리지 못한 건지 어머니를 위해서 그런 건지 누나는 아무 질문 없이 단번에 응했다.

어머니는 누나가 놀라지 않게 하기 위해서 거짓말을 했다. 누나만을 위하는 어머니가 불만스러웠다. 나도 오늘 아침에는 정신적인 충격을 너무 많이 받았다. 그렇지만 어머니는 나에게 괜찮냐는 말 한마디 하지 않았다. 어머니도 충격을 받았다는 걸 충분히 알았기에 불만의 토로는 철없는 행동이었고 이루어질 수 없는 욕심이라는 것 또한 알고 있었다.

우선 흑석동에서 가까운 노량진으로 마을버스를 타고 넘어갔다. 오후 1시부터 여섯 시간을 지역신문 열두 가지를 겨드랑이에 끼고 수십 군데의 복덕방을 전전하면서 다녔지만 헛수고였다. 물론 나온 방들은 많았지만, 문제는 우리 수중에 돈이 없다는 것이었다. 아버지가 남기고 간 생활비는 빚 이자를 주고 누나와 나 학비를 대고 나니 얼마 남아 있지 않았다. 어머니의 지갑에는 7만원뿐이었다. 거기에다 방을 보러 다녔던 차비를 제하고 나면 얼마가 있을지 뻔한 일이었다.

노량진역 앞에서 어머니와 우동 두 그릇을 먹었는데, 오늘 먹는 우동이 어머니와 얼굴 맞대고 먹는 마지막 식사일 거라

는 생각이 들었다. 시간이 흐르는 것이 무서워 한 가닥 한 가
닥 천천히 꼭꼭 씹어서 먹었다. 생과 사가 교차하면서 마지막
일 거라는 기분으로 먹었던 그날 우동 맛은 잊지 못할 것이다.

무심한 11월의 태양은 어느덧 자취를 감추었고, 어머니와
나는 방을 구하지 못하고 집으로 돌아왔다. 이제는 집이라고
도 부르지 못할 곳으로.
담벼락을 향해 길게 늘어서 있는 가구들. 주인을 따라 나온
미련스러운 가구들은 우리 집마저 모자라 이웃집 담까지 차지
하였다. 계단에 할아버지가 앉아 있었다. 할아버지는 아무 말
도 없었다. 하마는 할아버지 옆에 엎드려 있었다. 이따금 사람
들이 짐 근처로 오면 달려나가 짖었다.
할아버지는 우리가 도착하자 친구분 댁에 자러 갔다. 어머
니와 나는 갈 곳이 없었다. 어쩔 수 없이 계단에 앉아 밤을 지
새워야 했다. 눈꺼풀은 시간이 흐를수록 무거워져, 새벽의 싸
늘한 이슬과 졸음이 새벽 내내 싸움을 했다. 길에는 어렸을 적
에 가지고 놀던 장난감들이 팔다리가 부러진 채 나뒹굴고 있
었다.

*

부산한 아침 풍경. 여느 때나 마찬가지로 사람들은 옷깃을 여미고 출근하고 교복을 입은 또래들은 얼굴에 근심을 한아름 안고 학교를 향했다. 지붕 위에서는 이름도 알 수 없는 새들이 지저귀고 아직 학교 갈 나이가 되지 않은 아이들은 어제에 이어 오늘도 그들만의 철없는 하루를 보내고 있다. 뫼비우스의 띠처럼 끝도 시작도 없는 사회! 끝이 없는 반복과 반복이 회로에서 이탈하여 그들의 모습을 지켜보고 있는 내 모습! 잠깐 빠져나왔을 뿐인데 소외된 느낌이 드는 건 왜일까?

모두들 시선은 나를 향한다. 정해진 틀에서 벗어나면 이상한 놈이 되어버리는 현대 사회.

'왜 이 아이는 이러고 있을까?'

감정이 전혀 없는 발걸음들. 바쁜 와중에도 나를 보는 사람들의 수상한 눈초리는 나를 점점 더 비참하게 만든다.

우리 집의 처량한 모습이 부끄러워 나는 사람들의 시선을 당당하게 마주하지 못했다.

오늘도 학교에 가지 못했다. 어제 조퇴에다가 오늘은 결석이라니. 규칙을 어기는 것을 큰 죄로 알고 있는 나에게는 여간 걱정스러운 일이 아니었다. 여분의 갈아입을 옷을 꺼내지 못해 어제 입던 그대로여서 지저분하였다. 어머니는 방을 알아보러 어디론가 갔고, 할아버지는 친구분 댁에 있었으며, 누나는 작은이모 집에서 바로 학교에 갔다.

굴러다니는 농구공을 잡아 무료함을 달래보려고 땅에다 튕겼다. 농구공이 규칙적으로 통통거리는 소리는 나를 생각 속으로 빠져들게 하였다.

'이제까지 일어난 일이 도대체 무엇이지? 앞으로 어떻게 살지?'

걱정되는 일이 한두 가지가 아니었다. 그렇지만 앞일을 걱정할 겨를이 없었다. 당장 오늘 잘 집도 없었다. 상황이 나빠지면 어머니마저 나타나지 않을 수도 있었다.

나의 마음을 담은 공의 울림은 동네를 퍼져나갔고, 앞집 아줌마의 문 여는 소리가 울림을 끊어버렸다. 안면이 없는 아줌마의 손에는 우유가 들려 있었고, 그 손은 나의 가슴으로 향했다.

"학생, 지금 밥도 안 먹었지? 이거라도 먹어."

그러고 보니 아무것도 먹지 못했다. 난 우유를 받아들었다. 아줌마는 나에게 우유를 건네고는 힘내라는 한마디를 건넨 다음 다시 들어갔다. 이미 소문이 퍼졌나 보다.

닫혀진 우유 주둥이를 열고 입으로 가져갈 때 어디선가 놀고 있던 하마가 달려오더니 다리 위로 껑충껑충 뛰어올랐다. 그러고 보니 하마도 아무것도 먹지 못했다. 문득 '이 개는 무슨 인연이기에 우리 집으로 와서 이 고생을 해야 하나' 주인으로서 미안한 생각이 들었다.

하마를 본 순간 멈칫거린 손은 우유를 담을 그릇을 찾아 하마에게 우유를 주었고, 결국 나는 한 방울도 마시지 못했다.

의미 없는 시간은 흘러 3시를 넘기고 우리 학교 학생들이 하나 둘씩 모습을 나타내었다. 그들 중에는 아는 얼굴도 있었다. 내 얼굴을 보면서 "이사 가?"라고 물었다. 나를 위한 배려였을까? 정말 고마운 질문이었다.

모두가 학교가 싫다고 하지만 이틀만 방 안에 있다가 밖으로 나와 교복 입은 또래들의 모습을 보면 학교에 가고 싶은 마음이 절로 우러날 것이다.

이런저런 생각을 하고 있을 때, 멀리서 이삿짐 트럭이 올라오고 있었다. 길을 비켜달라고 하면 어떡하나 새로운 고민이 생겨나기 직전 트럭 안에서 어머니의 모습이 보였다. 차에서 내린 어머니는 상도동에 방을 구했으니 빨리 준비하라고 했다. 짐이 많아 트럭 한 대로는 부족했다. 그래서 이삿짐 센터 일꾼 아저씨들보고 두 번 짐을 옮기자고 제의하고, 지금 먼저 한 번 싣고 가라고 어머니가 말했다.

시야에서 이삿짐 트럭이 사라지는 모습을 보자마자 어머니는 나에게 물었다.

"관석아, 엄마 없는 동안 아무 일도 없었어? 누가 찾아오지는 않고?"

내게 몇 마디 안부를 물은 어머니는 여기저기 전화를 하기 시작했다. 어제부터 하얗게 변해버린 어머니의 얼굴에는 피가 전혀 돌지 않는 것 같았다.

"여보세요? 민영이 아빠? 우리 지금 집에서 쫓겨 나왔어요. 방은 구해놓았는데 돈이 하나도 없어서 이사를 들어가지 못하고 있어요. 관석이는 새벽에 속옷바람에 쫓겨 나왔어요. 지금 되는 대로 돈 좀 부쳐줄 수 있어요?"

놀랍게도 상대방은 아버지였다. 어머니는 아버지와 계속해서 연락을 주고받았나 보다. 어머니의 간절한 목소리에 아버지의 대답은 간단했다. (나는 통화 내용을 나중에 어머니에게 들었다.)

"나도 지금 살기 힘드니까 끊어."

한마디의 말을 남기고 아버지는 전화를 끊어버렸다. 어머니는 뚜뚜 소리가 들려오는 전화기를 가만히 내려다보며 말을 잊은 듯 벌린 입을 다물지 못했다.

어머니보다 황당한 것은 나였다. 아버지와 전화했다는 것도 놀랍거니와 자식들이 집에서 쫓겨났다는 소식을 듣고도 무관심하다니! 아버지의 행동은 과연 이 사람이 누나와 나의 아버지가 맞는지 의심을 품게 하였다.

어머니는 다이얼을 다른 곳으로 돌렸다.

"여보세요? 저 민영이 엄마예요. 지금 집에서 쫓겨 나와서 갈 곳이 없어서 그래요. 오십만원만 빌려주시면 안 될까요? 한 달만 기다리시면 바로 갚아드릴게요. 부탁해요. 짐도 다 나와 있는 상태예요. 제가 꼭 갚아드릴게요. 부탁할게요."

큰이모부 병원에 전화를 건 것이었다. 어머니는 부탁한다는 말과 꼭 갚겠다는 말을 한마디 한마디가 끝날 때마다 해댔다.

큰이모부의 대답 역시 간단했다.

"거래하고 싶은 생각 없습니다. 죄송합니다. 끊겠습니다."

거래하고 싶은 생각이 없다는 이모부 말에 어머니는 죄송하다며 전화를 끊었다.

거래…… 세 식구가 살 수 있도록 도와달라는 것을 '거래'라고……. 나는 어이가 없었다.

나중에 안 사실이지만 아버지가 어머니 몰래 이모부에게 천만원 정도를 빌려서 갚지 않았다고 한다.

이모부와 아버지한테 거절당한 어머니가 몇 군데 전화를 더 걸어보았지만 모두 거절이었다.

마지막으로 전화한 곳은 어머니의 초등학교 동창으로 10년 동안 소식도 모르고 지내다가 작년 동창회에서 전화번호만 주고받은 분이었다. 어머니는 기대도 하지 않고 지푸라기라도 잡아보자는 마음으로 전화를 걸었다.

나는 옆에서 두 손으로 입을 감싸고 머리를 무릎 사이에 걸쳤다. 내가 할 수 있는 일이란 없었다. 전화하는 어머니의 목소리를 통해 우리의 간절함이 전해지기만을 바랄 뿐이었다.

잠시 후 전화 끊는 소리와 함께 어머니의 일그러져 있던 표정이 펴졌다.

기적은 일어났다. 죽으라는 법은 없었다. 친척에게까지 외면당했던 우리를 향해 손을 내밀어준 사람은 어머니의 초등학교 동창이었다. 어머니는 그 아줌마에게서 백만원을 빌릴 수 있었다. 50만원으로 되겠냐며 백만원을 빌려주셨다고 한다. 아줌마는 자신도 힘들어봐서 안다며 돈은 사정이 나아지면 갚으라고 했다 한다.

어머니의 친구. 이름도 모르는 그 아줌마는 나에게 있어서 성모 마리아보다 아름답고 부처님보다 훌륭하고 삼신할머니보다 신비한 사람으로 인식되었다. 세상 모든 사람들로부터 외면당하는 것을 막아주었으니.

나는 어머니에게 물어보았다.

"엄마, 만약에 그 마지막 전화에서도 빌리지 못하면 어떡하려고 했어?"

곰곰이 생각한 후에 어머니는 말했다.

"안 될 거라는 생각은 안 해봤어. 뭐든지 끝나기도 전에 실패할 거라고 생각하면 되겠니? 음…… 만약 돈이 마련되지 못했다면 끔찍한 상황이 벌어졌겠지? 그땐 그때고 우선은 할 수 있는 데까지 해봐야지."

어머니의 낙천적이고 긍정적인 사고방식에 두 손을 들 수밖에 없었다. 이러한 어머니의 성격은 나중에 더욱 많은 어려운 일을 이겨내는 데 한몫 했다.

어머니와 나의 마음은, 충격적인 어제 오늘 일들을 받아들이기에는 너무나 모자랐다. 집에서 쫓겨 나온 일은 둘째 치더라도 믿었던 사람들의 배신은 쉽게 지워지지 않을 것만 같았다.

*

　짐을 싣고 어머니가 구했다는 상도동 집으로 떠났다. 부피가 큰 몇몇 가구들은 집 앞에다가 두고 떠났다. 일종의 반항 심리에서 나온 행동이었다. 15년 동안 살아왔던 집. 기억도 나지 않는 증조할머니, 할머니, 그리고 할아버지, 아버지, 모든 식구가 피와 땀으로 짓고 가꾸었던 우리 집. 내가 커서 손자들에게 물려주고 싶었던 집.
　이제 이별을 고해야 한다.
　마지막 내 방 풍경이 생각나질 않는다. 답답하다. 괴롭다. 트럭 앞좌석에 앉아 있으니 눈시울이 뜨거워진다. 참아야 하는데 참을 수가 없다. 왜 눈물이 쏟아지는지 어떠한 감정으로 인한 눈물인지 모르겠다. 어머니가 보고 속상해할까 봐 울지 않으려 했지만 울음을 억지로 참으려니 가슴이 들썩들썩거렸다.
　어머니의 손이 내 머리 위로 올라왔다. 나는 하염없이 울기 시작했다. 내 마음을 표현할 다른 방법이 없었다. 상도동으로 가는 동안 이삿짐 트럭 뒤에는 어떻게 소식을 듣고 왔는지 빚쟁이들 차량이 줄을 이어서 뒤를 따랐다.

큰길을 따라 중앙대 후문을 넘어가니 으리으리한 집들이 나왔다. 트럭은 멈추지 않고 지나쳤다. 10여 분 정도를 더 가니 언덕이 나왔다. 설마 하는 불안감을 깨고 트럭은 언덕길을 올라갔다. 급한 경사로 몸이 뒤로 젖혀져 밑을 볼 수가 없었다. 눈앞에는 푸르디푸른 하늘만 펼쳐졌다. 왼쪽으로 오른쪽으로 다시 오른쪽으로 다시 왼쪽으로. 못 오를 거라고 생각한 오르막길을 힘겹게 오르니, 눈앞에 펼쳐지는 광경은 마치 이곳이 서울이 아닐 거라는 착각을 불러일으켰다.

정면에는 이층집 하나가 서 있고, 그 집 뒤로 수많은 집들이 빼곡이 모여 있었는데, 하나하나 살펴볼 것 없이 모든 집들의 지붕은 살짝 건드려도 와르르 무너질 것만 같은 판자때기들이었다. 그런 낡은 판자때기 하나를 두세 집이 함께 사용하였다. 창문은 노란 테이프와 초록 테이프로 더덕더덕 도배질을 해서 밖을 내다볼 수도 없는 것들이었다. 집들은 반쯤 기울어진 채 서로 맞닿아 있어 언제 무너져도 이상할 게 없었으며, 벽의 나이를 나타내는 굵게 파인 틈들은 하나에서 많게는 수십 개에 이르렀다. 이러한 집들이 산 하나를 덮고 있었다. 그 중 반은 재개발중이어서 그곳이 집이었다는 흔적만 남아 있고 전부 허물어져 있었다. 나머지 반 역시 언제 무너질지 모르는 상태였다.

소설에서만 보았던 게딱지 같은 집이 실제로 존재하고 있을 줄이야.

어머니와 나를 태운 트럭은 어떤 이층집 앞에 섰다.

우리가 살 곳은 이층집을 개조한 것으로 이층으로 통하던 계단을 커튼으로 막고 세를 낸 것이었다. 집은 상상했던 모습보다 더욱 험했다. 삐걱삐걱 썩은 나무의 한 맺힌 소리는, 계단을 오르고 나서부터 방으로 들어가는 입구까지 쫓아다니고, 부엌의 천장은 경사가 너무 심해 몸을 옆으로 기울여서 요리나 설거지를 해야 할 정도였다. 그리고 매일 밤 출정 나오는 주먹만한 바퀴벌레는 가족이나 마찬가지였다.

그러나 불평할 수가 없었다. 어머니가 이틀을 뛰어다니며 구한 집이었다. 누나도 마찬가지였다. 우리에게는 돈이 없기 때문에 세 식구가 살 수 있는 보증금 없는 방 구하기란 하늘의 별 따기였다.(사실 이 당시에 나는 보증금이란 개념조차 명확히 서질 않았다.)

어머니는 보증금 2,500만원을 사정해서 모두 월세로 돌렸다. 한 달에 50만원이라는 큰 부담이 따르기는 했지만 물불 가릴 때가 아니었다. 당장 오늘 잘 곳이 생겼다는 사실만이라도 감사해야 했다.

더구나 이 집을 둘러싸고 있는 다른 집들과 비교하면 호텔급이었다. 하루하루를 연명해가는 동네 사람들의 모습을 보면 입에서 불만이라는 단어는 나올 수가 없었다. 50만원은 가장인 아버지의 도움이 없으면 큰 돈이었다. 우리 가족에겐 내일을 볼 수 있는 여력이 없었다. 그저 오늘 하루를 무사히 넘기

길 바랄 뿐이었다.

*

하늘은 점점 검은 빛깔로 물들기 시작했다.

택시 한 대가 언덕을 힘겹게 올라오더니 한창 이삿짐을 나르고 있는 우리 앞에 멈춰 섰다. 당연히 빚쟁이일 거라고 생각하고 짐 나르기에 여념이 없었는데, 뜻밖에 택시 문을 열고 내린 사람은 큰외삼촌과 큰외숙모이셨다. 우리가 집을 빼앗기고 나왔다는 소식을 듣고 친인척 중에서 가장 먼저 찾아온 사람은 가장 멀리 떨어진 경상북도에서 당일 기차로 올라오신 큰외삼촌이셨다.

큰외삼촌은 어머니를 무척이나 아끼고 걱정을 많이 해주신다. 부도가 터지고 나서 전화 오는 곳 중 반가운 데라고는 큰외삼촌네뿐이었다.

나는 매번 방학이면 큰외삼촌 댁에 놀러 가곤 했다. 큰외삼촌네도 나쁘면 나빴지 좋은 사정은 아니었다. 몇 년 전만 해도 큰 예식장에 사진관까지 경영할 정도로 넉넉하게 사시다가 지금은 풍기에 있는 작은 마을에 이사해서 농장을 운영하신다.

방학 때 놀러 가면 언제나 기차역에는 외삼촌과 외삼촌 딸 청도와 청도 동생 은주가 마중 나와 나를 향해 손을 흔든다.

외삼촌 차를 타고 시내를 빠져나와 감미로운 소똥냄새로 코를 정화하고, 풀벌레, 개구리 우는 소리가 귀를 청소해주는 울퉁불퉁한 길을 한참 동안 달리면 외삼촌 댁에 도착한다. 외할머니께서 음식을 준비하다가 일어서서 우리를 향해 인자한 미소를 지어주신다. 마음이 훈훈해지면서 이제야 도시를 벗어났구나 하는 안도감이 든다.

넓은 마당과 집을 감싸고 있는 과수원, 그리고 야채들, 앞마당 옆으로는 때 타지 않은 돌로 덮여 있는 비포장도로가 나 있고, 그 위로는 간간이 여물을 실은 경운기가 뿌연 안개를 이끌며 지나간다. 길 옆 냇물에는 쓸려내려가지 않으려고 안간힘을 쓰며 물살을 거슬러오르는 송사리떼가 보인다. 뒷마당에서는 수탉들이 암탉 한 마리를 두고 퍼덕거리며 난리가 나고, 장고에는 흑염소가 자기 새끼들 굶는다고 이리저리 뛰어다니며 여물을 보챈다. 집 뒤로는 길게 뻗어나온 산맥의 자식 중 하나가 구름을 드리우며 외삼촌 댁을 감싸고 있다.

서울에서 온 나는 이곳을 더럽히는 존재일 뿐이다.

차 안에서 외삼촌은 물으신다.

"관석아! 너희도 외삼촌처럼 세상 복잡한 일 모두 잊고 이렇게 사는 건 어떻게 생각하니? 사람 쫓아올 걱정 안 해도 되고, 여름이면 바로 옆 냇가에서 고기 잡고, 가을이면 풍성하게 익은 과일 따먹고, 봄이면 닭 한 마리 잡아먹어 몸 보신하고, 최소한 먹을 걱정은 하지 않아도 되지 않니?"

나는 신중히 생각한 끝에 웃으면서 대답한다.

"괜찮을 것 같아요."

나 또한 동물 키우는 것을 무척이나 좋아하지만 이어서 물어보시는 말에는 대답하지 못하고 웃음으로 대신한다.

"그럼 외삼촌하고 여기서 농사 지으면서 살까?"

어려운 질문이다.

외삼촌께서는 우리 집이 흑석동에서 쫓겨 나왔다는 소식을 듣고 누나는 작은이모 댁에 맡기고 나는 외삼촌 댁으로 데리고 가려고 결심했었다고 말씀하셨다.

방학 때마다 풍기에 내려가서 2~3주씩 놀다 오는 이유는 사촌동생인 청도와 은주가 있어서이기도 했지만, 무엇보다 그 곳에 있으면 마음이 편안해지고 짧은 시간이나마 서울에서 있었던 걱정거리를 잊을 수 있었기 때문이다.

작은이모 댁은 은평구 수색에 있다. 집안에는 언제나 사랑이 넘쳐난다. 작은이모께서는 누나와 나에게 당신의 능력 이상으로 잘해주면서도 더 잘해주지 못해서 안타까워하신다. 희정이(작은이모 딸로 나이에 맞지 않게 말을 어찌나 잘하는지 보면 볼수록 놀랍다. 특히 미술 실력은 내가 봐도 대단하다)와 준수(희정이 남동생으로 힘이 세고 언제나 '관석이형!' 하며 안긴다)는 태어날 때부터 보아와서 항상 관심과 애정이 간다. 희정이와 준수가 성장해가는 모습을 보면 흐뭇하다.

아버지가 안 계신 나는 큰외삼촌으로부터는 강인하고 남자다운 면을 배워왔고 작은이모부로부터는 자상하고 부드러운 면을 배워왔다. 아버지에게서 볼 수 없었던 아버지의 역할을 두 분으로부터 배워왔다고 해도 과언이 아니다.

큰외삼촌께서는 우리를 보더니 한숨을 쉬셨다. 어머니와 몇 마디를 나누신 다음 팔을 걷어붙이시고 우리가 이삿짐 나르는 것을 거들어주셨다. 옆에서는 빚쟁이들이, 이삿짐 나르는 우리들을 쳐다만 보고 있었다.

짐을 모두 옮기고 나니 날은 이미 사람의 모습을 분간할 수 없을 정도로 어두워져 있었다. 구름이 달을 가리자 동네에 깔린 어둠이 더욱 짙어졌다. 어디에서인가 들려오는 개 짖는 소리는 동네 골목골목을 헤집고 다녔다.

안방에서는 할아버지와 하마 문제가 거론되었다. 결국 할아버지는 자취방을 얻기로 하였고, 하마는 풍기 큰외삼촌 댁으로 데리고 간다는 결론이 나왔다. 하마는 주인집에서 키우지 못하게 해서 어쩔 수가 없었다.

하마도 고생을 많이 했다. 밥도 제대로 못 줬는데, 사람들이 찾아오면 부지런히 짖어대고, 마지막 떠나는 날까지 짐을 지켜주었던 하마.

개도 개지만 사람이 더 중요하다는 것이 어른들의 생각이다. 냉정한 어른들 때문에 하마를 영영 보내야 했다. 그러나 꿈을 좇으며 살아가는 어린애들과 달리 현실을 냉정하게 직시해야 하는 어른들 또한 마음이 아팠을 것이다.

또 한 번의 이별을 해야 했다. 눈물이 터져나왔다. 나는 아직도 애였다. 앞으로 우리 세 식구가 살 수 있는지 없는지도 모르는데 개 걱정이라니. 그러나 애여도 좋았다. 하마를 보내고 싶지 않았다.

'하마가 맨 처음 집으로 온 날 손에서 떼지 못하고 종일 쓰다듬으며 좋아했었지. 목걸이가 하마 목에 걸렸을 때 처음으로 울었는데. 그것이 마지막일 줄 알았는데. 언제나 내가 이겼던 달리기도 이제는 내가 질 만큼 어느덧 하마가 컸다는 것을 안 날이 얼마 전…… 혼자서 산책나갔다 오도록 풀어주면 새벽에 들어오곤 했는데……'

하마와 함께한 추억들이 떠오를수록 눈물은 거침없이 쏟아져내렸다. 사람이 개를 버리는 일이 있어도 개는 죽는 날까지 주인만을 섬긴다고 하였는데, 하마는 자신을 배반한 나에게 증오를 품을까? 내가 욕하던 사람들과 똑같은 행동을 되풀이하고 있는 나를 용서해줄까?

눈물이 멈추지 않았다. 어머니는 "이 에미가 죽거든 그렇게나 울어봐라"며 농담을 건네었다.

입고 있는 교복에는 하마의 털이 가득하였다. 털어내기 싫었다. 이 작은 털을 통해서나마 하마와의 추억을 간직하고 싶었다.

그러나 6개월 후 하마가 죽었다는 소식을 들었을 때 아무런 슬픔도 느끼지 못했다.

그렇게 상도동 새 보금자리에서의 첫날이 저물어갔다. 안방에서는 이삿짐을 정리하고 나는 내일 학교 갈 준비를 했다. 지금까지 일어난 일이 꿈만 같았다. 어떻게 이 집을 구하였으며 어떻게 돈을 빌릴 수 있었는지, 아직도 믿어지지가 않았다. 오늘을 끝으로 다시는 내게 힘든 일이 일어나지 않을 거라고 확신했다.

1997년 11월 8일과 9일. 정신 없이 지나간 이틀이었다.

*

아직 집이라는 안정감이 형성되지 못한 어느 일요일, 어머니가 누나와 나를 새벽부터 깨웠다. 어머니는 빨리 외출할 준비를 하라며 무슨 일이냐는 질문에도 대답을 안 해주고 어디 갈 곳이 있다는 말만 했다. 버스를 타고 서울역에서 내려 지하철을 타고 시청에서 내려서 택시를 타고 신촌역 앞에 도착했다. 버스 한 번이나 지하철로 한 번이면 갈 수 있는 거리를 일부러 갈아타면서 가는 어머니의 의도는, 신촌역이라는 오래

된 팻말이 젊은이들 사이에서 드러나 보일 때쯤 되서야 알아차렸다. 신촌역에서 한 시간여 정도 누군가를 기다렸다. 입에서는 입김이 나오고 추위로 인해 귀가 찢어지는 아픔을 느낄즈음에 멀리서 낯익은 남자 한 명이 갈색 코팅된 안경을 쓰고 우리 쪽으로 걸어오고 있었다.

10미터, 8미터, 열 걸음, 다섯 걸음······.

흐릿하게 흔들리는 형상들은 점차 기억의 단편들과 맞물리기 시작하면서 이미지가 선명해졌다. 10개월 만에 보는 아버지. 그러나 달려가 안기거나 울면서 반갑게 인사를 할 수가 없었다. 10년이 넘도록 살아온 것에 비하면 짧은 기간이지만 서먹한 분위기가 감돌았다.

"오랜만에 보는데 아빠한테 인사 안 해?"

어머니의 중개에도 선뜻 인사가 나오지 않아 고개만 숙이고 어머니 손을 꼭 잡았다.

아버지는 쫓아온 사람 없냐고 물으며 주위를 둘러보았다.

오랜만에 한자리에 모인 우리 가족은 일산행 버스를 타고 백석역에서 내렸다. 아버지는 우리를 끌고 공인중개사 사무실로 들어갔다. 사무실 안에는 직원 두 명이 앉아 있었고, 아버지는 자신의 사무실이라고 설명했다.

부도가 나고 도망을 와서 이곳에 사무실을 차린 것이었다. 아버지는 이곳에서 작은외삼촌의 이름을 빌려쓰고 있었다. 아버지가 사용하는 가짜 이름 때문에 내 이름도 이관석으로 불려야 했다. 아버지에 대한 주위의 평판은 아주 좋았다. 이런 사무실을 갖고 있으면서도 왜 10개월 동안 돈 한번 부쳐주지 못했나 하는 의문은 서서히 아버지에 대한 반감으로 싹트기 시작했다.

사무실을 나와 아버지가 살고 있는 집으로 갔다. 사무실에서 멀지 않은 곳으로 지하에 있는 원룸이었다. 가구는 하나도 없었고 텔레비전과 이불이 고작이었다. 같은 남자로서 불쌍한 생각이 들었다. 한쪽 구석에는 찢어진 통장들이 비닐에 수북이 쌓여 있었다.

음식점으로 갔다. 누나와 내가 게걸스럽게 갈비를 먹는 동안 어머니와 아버지 사이에서 다툼이 벌어졌다.

"집을 날렸는데도 어떻게 민영이 아빠도 살기 힘들다며 전화를 끊을 수가 있어?"

"당신도 보다시피 지금 자리를 잡아가고 있는 상황이잖아. 당신이 이해를 해야지."

다시 어머니의 말이 이어졌다.

"난 지금 애들 둘이나 데리고 살고, 민영이 아빠는 혼자 살잖아? 누가 집 살 돈 달라고 했어? 한 달 월세만 달라고 했잖아! 보증금도 없이 겨우 들어간 집이란 말이야."

싸움은 점점 고조되어 나중에는 할아버지 문제와 어머니 몰래 빌린 큰이모부 돈 얘기까지 확대되었다.

결국 싸움은 결말이 나지 않았고, 아버지와 어머니는 상한 감정을 가지고 헤어져야 했다.

아버지에게 용돈을 5만원씩 받았다. 그것이 아버지에게 직접 받은 마지막 용돈이었다.

며칠 후 대통령은 IMF—뜻도 잘 모르는—선언을 했고, 그 이후 상당수의 기업들이 아버지의 전철을 밟아가고 있었다.

*

겨울방학이 왔다. 작은이모께서 쌀과 접시 등 여러 가지 생필품을 사주고 가신 이후로 찾아오는 사람은 빚쟁이들뿐이었다. 신문에 난 부도기업 명단에 아버지 회사도 들어 있었다. 부도기업은 수백 군데가 넘었다. 작은 중소기업까지 더하면 수천이 넘었을 것이다.

1997년의 마지막 날이었다. 누나는 작은이모 댁에 가 있었고, 집에는 어머니와 나 둘뿐이었다. 어머니는 맥주를 세 병 사오더니 떡국을 끓이고는 함께 마시자고 하였다.

1997년 12월 31일. 처음으로 알코올이란 물질을 체험한 날이었다.

어머니와 나는 컵에다 맥주를 잔뜩 부었다.

"빌어먹을 세상. 앞으로 좋은 일만 있어라!!"

우리는 건배를 하며 외쳤다.

기분이 좋아서 한입에 다 마시려고 하다가 두 번째 모금에서 넘어가질 않아 컵으로 다시 뱉어냈다. 그 즉시 어머니에게 뒤통수를 한 대 맞았다.

술은 어른들로부터 배워야 한다는 말을 어머니에게 들었다.

술을 석 잔 정도 마시고 나니 몸에 변화를 느꼈다. 정신은 멀쩡한데 목에 힘이 들어가지를 않아서 고개가 자꾸 뒤로 젖혀졌다. 고개는 앞뒤로 오가며 끄덕끄덕을 반복했다. 정말 신기한 일이었다. 처음 겪는 미묘한 감정이었다.

연말이라서 그런지 오늘만큼은 그 어떤 사람도 찾아오지 않았다. 이런 날은 한 달에 한 번 정도 있을까 말까 한 날이다. 오늘이 가는 것이 시원하면서도 남들과 달리 새해를 맞이하는 것이 두려웠다. 대한민국을 울리는 재야의 종소리. 어차피 헛수고인 줄 알지만 올해도 빌어본다.

'올해에는 가족 모두가 건강하고 행복하게 살게 해주세요. 돈을 많이 벌게 해주세요.'

알딸딸한 게 기분 최고로 좋은 날이었다. 꺼억~.

1998 내부기둥을 박고 가까스로 뼈대를 만들었으나

쓰러져 있는 나무기둥을 모아서 다듬었다.
발에 걸리는 돌부리는 뽑아서 알맞게 갈았다.
지붕을 이루었던 벽돌들은 다른 색으로 덧칠했다.
날카로운 돌로 흙을 깊게 파서 나무기둥을 박고 가까스로 뼈대를 만들었다.
힘이 많이 들었지만,
희망은 집이 완성되어가면서 부풀어올랐다.

　우리 가족은 만화광이다. 나는 여섯 살 때부터 만화를 접했다.

　만화방, 어린 나에게 그곳은 새로운 세계였다. 알록달록한 길고 얇은 만화책들이 사방을 뒤덮고 있고, 의자가 수십 개나 있었다. 갈 데 없는 아저씨들이 낮에 와서 담배 피면서 쉬는 곳으로도 통했다. 언제나 뿌연 담배연기는 환기도 되지 않는 가게를 가득 메우고 있었다. 내 수준에 맞는 『보물섬』이라는 두꺼운 만화책이 있었다. 그 책을 빌리면 사흘 동안이나 잠도 못 자고 봐야 했다. 컴퓨터가 귀하던 시절이라 주인 아저씨는 담배연기에 누렇게 찌들어 부풀어오른 노트에 기록했었다. 간혹 자신이 쓴 글씨도 알아보지 못하는 주인 아저씨와 손님은 한바탕 옥신각신하기도 했다.

카운터 앞에서는 백원짜리 오뎅을 팔았다. 파 조각이 몇 개 들어간 오뎅은 이백원이었는데, 백원짜리 오뎅이 더 인기가 있었다.

가끔 빵집에 빵을 사러 가면 주인이 보이지 않았는데, 그때마다 빵집 주인은 만화방에서 키득거리고 있었다.

우리 세 식구가 오늘날까지 꺾이지 않고 견딜 수 있도록 한 것으로 만화 역시 한몫을 차지한다.

이렇게 말하면 어떻게 생각할지 모르겠지만, 가출하고 싶거나 죽고 싶을 때면 만화를 통해 간접적으로나마 경험했으며, 하고 싶은 것이 있지만 경제적인 여건이 따르지 않을 때 역시 만화를 통해 해결했다.

만화는 일종의 대리 만족인 셈이다. 예를 들어 운동을 못하는 사람일지라도 만화를 통해 자신이 주인공이 되어 희열과 흥분, 긴장을 느끼며, 때로는 만화 속의 인물과 함께 좌절감도 느끼게 해주는 것이 만화의 매력이라고 생각한다.

예로부터 우리 농민들은 힘든 일을 잊기 위해 힘들 때나 외로울 때 민요를 부르면서 달랬다고 생각한다. 이처럼 어려운 일이 생길 때나 짜증날 때, 혹은 화가 치밀어오를 때 그것을 표출할 수 있거나 풀어버릴 수 있는 방법이 하나쯤은 있어야 한다고 본다. 사람으로 태어난 이상 미치지 않고서야 어떻게 견디겠는가! 우리 식구는 만화를 보는 방법을 택한 것이다.

*

　새해가 왔다. 어머니는 형식적으로나마 제사를 지내자고 했다. 어머니는 제사 물품 좀 사오라며 지갑을 여는 순간 당황해하더니 얼른 천원짜리 다섯 장을 빼내고는 쌀 4천원어치와 무를 사오라고 시켰다.

　그러나 나는 보고 말았다. 그때 어머니 지갑에는 천원짜리 다섯 장만이 있었다는 것을. 천원짜리 다섯 장이 부끄러운 듯 고개를 숙이고 나오려 하지 않는 모습을. 그리고 나는 보았다. 나에게 돈을 건네주고 난 뒤 지갑은 쓸모 없는 가죽덩어리로 변하였다는 것을.

　시장에 가는 동안 가슴이 저려왔다. 어머니의 모습이 너무나 안쓰러웠다. 돈으로 인해 자식들 앞에서 난처해하는 모습은 세상에서 가장 불쌍한 모습이었다.

　그러면서도 어머니는 우리에게 돈 얘기를 일절 안 한다. 우리가 걱정하는 것을 원치 않는 어머니의 사랑이다. 그런 어머니의 마음을 이해하지 못하는 것은 아니지만 나는 모든 사정을 알고 싶었다. 아무것도 모른 채 또 내일은 무슨 일이 일어날지 불안한 마음이 항상 떠나지 않았기 때문이다.

　시장에 가는 동안 한숨이 여러 번 터져나왔다.

　제사상은 초라했다. 10인용의 큰상에 들려져 나온 것은 밥과 김치, 무국이 전부였다.

누나와 나는 절을 했다. 세 식구 모두 앞으로 좋은 일만 있기를 빌었다. 빚쟁이라도 왔으면 하는 올해 새해는 어느 해보다 춥고 외로웠다.

집이 오래 되어서 외풍이 심했다. 방바닥은 따뜻하지만 그 위로는 추웠다. 방 안에 있으면서도 입에서는 김이 나왔다.

새해 첫날이 저물어갔다.

*

우리 가족에게 친가 쪽 친척이라고는 작은아버지와 고모밖에 없다. 그러나 지금은 어떻게 사는지 소식도 모른다.

3년 전 추석이었다. 저녁밥상에 둘러앉아 식사를 하고 있는데, 할아버지와 작은아버지 사이에 말다툼이 벌어지더니 곧 아버지와 작은아버지 간의 말다툼으로 번졌다.

싸움이 커지자 어머니는 아버지를 말리고 작은어머니는 작은아버지를 말렸다. 나는 누나와 작은아버지 딸 민희와 함께 누나 방에서 놀고 있었는데, "쫘악" 한 겹의 천이 한번에 찢어지는 소리가 들리더니 한순간 조용해졌다. 누나와 나는 놀라서 소리의 근원지인 거실로 달려나갔다. 거실에서 도저히 믿을 수 없는 장면이 펼쳐졌다. 작은아버지의 오른손이 올라가 있었고, 작은어머니의 볼은 벌겋게 부어오르고 있었다.

잠시 후 작은아버지는 짐을 싸고 집을 나갔고, 다음날 새벽 차례는 작은아버지 식구가 없는 상황에서 지냈다.

작은아버지가 작은어머니를 때린 행동은 무엇이었을까? 싸움은 분명히 할아버지와 아버지, 작은아버지 사이에서 일어났다. 일종의 분풀이였을까? 나는 그때의 장면을 잊지 못한다. 인간이 이성을 잃어버리면 자신의 아버지조차 눈에 보이지 않는다! 아버지 앞에서 식탁 의자를 들었다 내던지고 궁싯거리며 욕을 내뱉는 짓을 조카들과 자식들이 보고 있는 앞에서 할 수 있다는 것 자체가 이해할 수 없는 행동이었다.

작은아버지는 그 후 흑석동에 속옷가게를 차렸다. 그러나 명절이 되어도 작은아버지의 얼굴은 볼 수 없었다.

나는 비폭력주의자다. 특히 가족 간에 손이 올라간다는 것은 가장 무식하고 한심한 행동이라고 생각한다. 부도가 나기 전 아버지와 어머니는 하루가 아까울 정도로 싸웠다. 한번은 아버지가 어머니를 때렸는데, 그날 아버지에 대한 실망이 무척 컸다. 아버지 역시 복잡한 심정이었을 테지만, 치밀어오르는 감정을 다른 사람을 때림으로써 푸는 행동은 도저히 용서받을 수 없다. 누나는 그날 밤 나에게 울면서 같은 말을 반복했다.

"관석아, 너는 결혼하면 절대 부인 때리지 마. 절대, 그 어느 누구도."

고모는 내가 열두 살 때쯤 이혼하고 우리 집에서 잠시 살다가 2년 후 다시 한번 결혼했다.

솔직히 누나와 나는 고모가 오는 것을 꺼려했다. 학교에 갔다 오면 고모는 거실에 벌러덩 누워 자고 있었다. 어머니가 없어도 밥 한번 차려준 적도 없었고 머리는 언제 감았는지 비듬이 어깨를 차지하곤 했다. 고모와 얘기를 나누다 보면 음식이 이에 끼어 있는 채 부패된 입냄새가 코를 자극하였다.

고모의 모습은 당시 어렸던 누나와 나에게 좋은 이미지로 다가오지 않았다.

또 다른 친척으로는 큰아버지가 있는데 얼굴도 모른다. 부유하게 사는 분으로 기억된다. 그러나 왕래가 전혀 없다.

제약회사 이사로 있을 때 놀러 간 적이 있었는데, 거실 벽에는 머리가 잘린 사슴이 걸려 있었고, 발걸음을 옮길 때마다 발가락 사이 땀구멍을 부드럽게 간질이는 호랑이 양탄자가 깔려 있었던 것밖에 기억이 나지 않는다.

사고무친(四顧無親). 우리 식구의 처지를 대변해주는 말이다. '돈'이라는 물질이 없다고 해서 피를 나눈 친척까지도 멀어지는 세상이 자꾸만 무서워져간다. 돈 때문에 한 가정이 해체되고 친척에서 친구까지 모든 사람이 등을 돌린다. 이것은 우리 가족에게만 국한된 것만은 아닐 것이다.

앞으로 내가 많은 돈을 벌고 사회적으로 높은 지위를 얻으면 떠났던 친척들이 돌아와줄까?

생활이 점점 힘들어지기 시작했다. 가스는 떨어져 집 안에는 냉기가 돌았다. 아직까지 도시가스가 들어오지 않은 지역이라서 가스 값은 엄청났다. 쌀도 떨어졌다. 먹을 것이라고는 한 달 전 갈아놓은 마늘뿐이었다.

아버지를 못 본 지도 3개월이 지났다. 아버지에게서 들어오는 생활비는 여전히 없었다. 전화마저도 아버지와 인연을 끊었다.

어머니는 생활보조금을 알아보려고 동사무소에 갔다. 어머니의 장황한 설명은, 아버지가 등본상으로 존재하고 있는 이상 방법이 없다는 동사무소측의 말에 끝이 났다. 어머니는 여기저기 알아보고 상도사회복지회관에 갔다. 그러나 그곳마저 대답은 같았다. 아버지와 이혼도 되어 있지 않기 때문에 정상적인 가정으로 볼 수밖에 없다는 것이었다.

정말 웃기는 사회다. 죽으라는 말이 아닌가! 국가마저도 우리에게 등을 돌렸다. 이제 살 방법이란 없는 것 같았다.

우리가 한끼 밥값을 걱정하고 있을 무렵 대통령 선거다 하여 신문과 뉴스에서는 연일 후보들이 나와 앞으로 국민들이 잘살 수 있는 국민을 위한 정부를 세우겠다고 입술에 침도 안

바르고 혀를 놀렸다.

어머니는 12월부터 보험회사에 다녔는데, 한 달에 50만원씩 나오는 월급은 이자 갚기도 빠듯했다.

어느덧 방세 내야 할 기일이 다가왔다. 생활비도 없는데 방세가 있을 리 만무했다.

어머니는 지역신문을 훑어보더니 '무담보. 무보증. 여성 환영. 즉시 대출' 이라고 큼지막하게 써 있는 곳을 한 군데 골라 전화를 걸었다. 지역신문을 펼치자마자 사채광고 미끼가 기다렸다는 듯이 열 페이지 정도를 장식하고 있었다. 우리같이 힘든 사람이 걸리기를 기다리고 있는 것 같은 느낌이 들었다.

한 시간도 지나지 않아 검은 양복을 깔끔하게 차려입은 두 남자가 집에 들어왔다. 어머니와 안방에 앉아 서류를 여러 장 작성하였다. 전체적으로 검은색 바탕에 머리에는 기름을 발라 뒤로 전부 넘겨 하나의 머리카락을 형성한 두 남자는 어머니가 서류에 서명하자마자 지갑에서 돈을 꺼내 어머니에게 건네주었다.

그런데 그들은 어머니에게 뭐라고 하더니 가방 속에서 꺼낸 엄지손톱 두께만한 만 원짜리 뭉치 중 반 정도를 다시 가방 속으로 집어넣었다. 그리고 1부터 140까지 써 있는 카드를 건네주었다. 돈을 갚을 때마다 하나씩 지워나가게 되는 것이었다. 돈을 빌리는 절차는 의외로 간단했다.

두 남자는 집을 나갈 때 호기심에 젖어 있는 누나와 나를 한

번씩 싸늘한 눈빛으로 쳐다보고는 미소를 지었는데, 마치 누나와 나에게 낙인을 찍는 기분이었다.

70만원 중 50만원은 방세로 나가고, 10만원은 비어 있는 쌀통과 냉장고를 채우고 나니, 남은 것이 10만원이었다. 몇몇 가게에 외상값을 갚고 나니까 남는 돈은 거의 없었다. 이제 10만원도 되지 않은 돈이 세 식구가 살 한 달 생활비였다.

그러나 그보다 더 큰 사채 빚이라는 문제가 우리를 맞이하고 있었다.

*

지랄맞게도 쏟아지는 비는 사람들로 하여금 하늘을 쳐다보게 만들었다. 우산을 때려대며 우산 모양을 헝클어뜨리는 빗줄기들은 우산을 들고 있기가 무색하게 옷을 적셨다.

77계단 가운데 위치한 하나밖에 없는 배수구 뚜껑은 급증하는 물들을 소화하지 못해 튕겨 나왔다. 튕겨 나온 뚜껑은 계단을 타고 순식간에 사라졌다. 뚜껑이라는 방해물이 없어진 물들은 기다렸다는 듯이 함성을 지르며 계단으로 쏟아져 나왔고, 그로 인해 계단은 폭포를 연상케 하였다. 가끔씩 물 사이에 끼어 쓸려오는 휴지 조각이 다리에 걸려 명을 이으려 했지만, 이내 물살에 쓸려 사라져버린 뚜껑의 뒤를 따랐다.

비에 젖은 교복을 입고 계단 아래에 서서 위를 바라보았다. 어떻게 가야 할까? 잘못 디뎠다가는 내 몸도 휴지 조각이 될 것 같았다.

"학…… 생……."

시커먼 손이 내 팔뚝을 덥석 잡았다. 갈색 바탕에 군데군데 하얀 피부가 보이는 손은 미세하게 떨리고 있었다.

"밥을 못 먹어서 그런데 천원만 줘."

"네?"

나의 나흘치 용돈을 뺏으려는 사람이 누구인지 궁금했다. 나는 고개를 돌려 하얀 점박이 손의 주인을 쳐다보았다. 나도 모르게 내 몸이 움찔했다. 검은 살거죽만이 얼굴을 덮고 있었고, 두 눈은 광대뼈보다 튀어나왔으며, 모자로 눌러쓴 머리는 듬성듬성 빠진 흔적이 보였다.

"이 아저씨 회사가 망해서 그래. 한 번만 도와줘 학생……."

그 사람의 말에 아버지가 떠올랐다. 주저없이 주머니에 손을 넣어 5백원짜리 동전 두 개를 손에 쥐어주었다.

또 한 명의 유랑민이 동네로 들어왔다. 사회에서 버림받고 멸시받으면서도 살아가야만 하는 운명을 지닌 또 하나의 티눈이 동네에 들어왔다.

*

50년 만의 정권 교체라는 대문짝만한 문구가 신문 첫 장을 메우며 사회는 떠들썩한 분위기였다. 국민들은 IMF의 경제 불황에서 조금이라도 벗어나고자 새로운 대통령에게 모든 기대를 쏟아부었다. 국민들의 기대에 보답하고자 대통령은 2년 반 안에 무너진 경제를 돌려놓겠다고 약속했다. 항상 속으면서도 '그래도 이번만은……' 하면서 간절한 마음으로 믿을 수밖에 없는 것이 우리나라 사람들이 할 수 있는 유일한 방법이었다.

반면 이러한 축제분위기를 타지 못하고 있는 두 부류가 있었는데, 하나는 선거에서 져서 야당이 되어버린 당이었고, 다른 한 군데는 나라를 잃어버린 우리 집이었다.

오늘 아침부터 어머니가 앓아 누웠다. 물론 어머니는 투표를 하지 않았다. 투표라는 행위의 의미를 잊은 지 오래였다. 어머니의 한 표가 나라의 무책임에 묻혀져 있었다.

어머니의 근심과 함께 늘어나는 것은 서랍 속의 색색가지의 카드였다.

이제는 매일같이 찾아오는 빚쟁이들 속에 검은 양복의 남자들도 포함되었다. 검은 양복의 남자들은 전화에다 욕을 하는 것도 서슴지 않았다.

누나의 밀린 학교 등록금과 보충학습비 등 70만원이 넘는 돈 때문에 사채를 한 번 더 빌려야 했다. 10월에 냈어야 할 2학년

2학기 등록금에서부터 보충학습비까지 일절 돈을 내지 못했다. 이때만큼은 누나가 열심히 공부해서 이화외고에 들어간 것이 어머니에게는 짐이 되었다.

어머니가 아픈 것은 정신적인 면에서 온 것이다. 의료보험증도 밀린 보험료를 내지 못해 병원조차 가지를 못했다. 어머니가 흔들리는 모습을 보니 걱정이 눈앞을 가렸다. 건강이 좋지 않다면 돈도 필요가 없다. 채권자들이 와서 괴롭히는 것보다 어머니가 아픈 것이 더욱 괴로웠다.

거리에 나앉았을 때도 흔들리지 않는 모습을 보여준 어머니였다.

매일 밤마다 생각하는 '앞으로 어떻게 살아야 하지?'라는 고민은 어머니의 아픈 모습을 보니까 '엄마가 없으면 누나와 나는 어떻게 될까?', '엄마가 불쌍해서 어떡하지?'까지 더해서 한숨이 절로 일게 하였다. 앞날을 예측하면 예측할수록 가슴이 미어져왔다. 우리 가족의 앞날이 보이지 않았다. 누나와 나는 아직까지 학생인데, 매달 비싼 방세를 치러야 하고, 나머지는 빚쟁이들에게 갔기 때문에 돈이 모일 확률은 없었다.

사춘기의 나에게 어머니의 건강과 돈 문제는 항상 가장 큰 고민거리로 따라다녔다.

*

오랜만에 기쁜 소식이 날아와 집안을 훈훈하게 덮혔다. 누나가 이화외고에서 2학년 2학기 수석을 차지하였다. 어머니는 삶의 활력을 얻은 듯 기뻐하며 별로 남지도 않은 아는 사람들에게 자랑하느라 바빴다.

대단한 누나였다. 중학교 3년 내내 1등 자리를 놓친 적이 없었으니, 사람들이 누나에게 기대하는 면도 컸다.

2학년이 되어서 집안이 어수선해지고 힘들어지자 누나는 여름방학부터 학교에 남아서 이를 악물고 공부했다고 한다.

"관석아, 지금 집이 힘들잖아! 그렇지만 우리의 신분이 학생인 이상 엄마에게 도움되는 것이 무엇이 있겠니? 난 그저 공부를 열심히 하는 것이 엄마에게 가장 큰 위안이고 기쁨이라고 생각해. 엄마가 우리를 포기하지 않고 여기까지 이끌어 준 것도 우리가 공부를 열심히 해서가 아니겠니? 그러니까 너도 열심히 해. 알았지? 엄마에게 지금 희망이란 우리밖에 없단 걸 알잖아."

물론 돈이 없었기 때문에 누나와 나는 학원을 다니지 못했다. 남들은 학원에서 친구들과 놀고 있을 여름방학 때, 누나는 차비만 들고 학교에 가서 학교에서 나누어준 인쇄물과 노트, 그리고 문제집을 닥치는 대로 풀었다고 한다. 그런 노력의 결과가 2학기 들어서 나타나기 시작했다. 2학년 1등을 차지하고 매번 320을 맴돌던 모의고사 점수는 380과 390을 넘나들었다.

누나가 나에게 들려준 말 중 기억에 남는 것이 있다.

"공부를 잘하려면 이것저것 골라서 하지 말고 눈앞에 보이는 것부터 해야 돼. 그리고 무엇보다도 공부를 하면서 즐겁다는 생각이 들어야 돼. 난 그 느낌을 고2 여름방학 때 느꼈어."

그리고 가슴이 미어지게 하는 누나의 말이 이어졌다.

"가장 속상했던 것은 공부가 끝나고 집으로 올 때 운동장으로 삐까번쩍한 승용차들이 들어오는 모습을 볼 때야. 점심값을 아끼려고 덜덜 떨면서 공부하던 내가 비참해지는 순간이야. 어떤 때는 화장실에 앉아서 한 시간을 울었던 적도 있었어. 아무래도 이런 마음이 내가 공부를 끝까지 하게 한 원동력이 아닌가 싶어."

누나의 마지막 말은 나까지 속상하게 만들었다. 솔직히 공부에 재미를 느낀다는 것은 대부분 가능한 얘기가 아니다.

이 일이 있은 후, 누나 친구들은 누나에게 "너는 마음만 먹으면 하는 애구나"라는 소리를 하며 경계하기 시작했다고 한다.

어머니는 90만원이라는 누나의 3학년 1학기 2기분 등록금을 어깨에서 덜어놓을 수 있었다.

누나는 나에게 많은 영향을 끼쳤다. 누나의 말은 나에게 진리로 다가왔다. 누나가 어떤 가수를 좋아하면 나 역시 그 가수를 좋아할 정도였다.

따라하기엔 나 자신이 너무나도 부족하기에 멀리서 바라보며 박수쳐줄 수밖에 없는 나는 언제나 누나를 자랑스러워했고 친구들 사이에서 자랑거리로 삼았다.

그렇다고 내가 공부를 못하는 것도 아니었다. 중3 때는 반에서 2등으로 들어가 5등 안을 유지하였고, 고등학교 때는 7, 8등을 유지하고 있다. 그러나 누나보다는 못했다.

언제나 누나는 첫째라서 잘해야 한다는 부담감과, 나는 누나만큼 못하는 둘째라는 부담감이 따라다녔다.

*

잠을 자고 있을 때였다. 꿈의 입구에 들어서기 직전, 문 두드리는 소리가 들려왔다. 안방과 거실 불이 차례로 켜지더니 한 사람의 발소리가 세 사람으로 늘어나 삐걱거리는 거실에서 멈췄다.

목소리를 들어보니 Y아줌마였다. 다른 한 사람은 목소리가 매우 어렸기에 추측이 불가능하였다.

"민영이 엄마, 도대체 언제 돈 줄 수 있어? 우리 살기 힘들잖아."

"조금만 더 기다려줘. Y엄마. 금방 마련해볼게."

"아줌마, 매일 그런 얘기만 하지 말고 정확하게 말해주세요."

어린 목소리의 주인공은 누나 친구인 Y누나였다. 누나 또래 애가 어머니에게 대드니 어머니는 기가 막혔다.

"Y, 넌 가만히 있어. 아무리 빚이 있어도 애들이 어른에게 이러는 게 아니지."

"우리 집 돈인데 왜 가만히 있어야 해요?"

"내가 너한테 빌렸니? 너희 엄마에게 빌렸지?"

Y누나와의 대화가 Y아줌마의 대화보다 압도적으로 많았다. 빚쟁이들을 살펴보면 항상 밤에 찾아와서 소리를 꽥꽥 질러대는데, 이웃집에다 알려 우리를 부끄럽게 만들려는 의도적인 행동이다. 이제는 자식들까지 앞세워서 나타난다. 너희도 자식들 있으니까 알 수 있을 것 아니냐는 식이다.

누나와 나는 방에서 듣고서도 어머니를 도와주러 나가지 못했다. 속으로는 나가고 싶은 마음이 들끓었지만 방 안에 누워 이불만 쥐어뜯고 있었다.

*

4월 초였다. 누나는 고3이 되고, 나는 중3이 되었다. 가정환경조사서를 내고, 한 명씩 가정환경조사서에 따라 담임 선생님과 면담을 하는 기간이었다.

어머니는 내가 상심할까 봐 가정환경조사서에 할아버지와

아버지가 같이 사는 정상적인 가정으로 써주었다.

내가 학교 다니면서 싫어하는 것이 두 가지 있는데, 그 중 한 가지가 바로 가정환경조사서이다. 이런 이유로 새 학년이 오는 것이 싫었다. 더구나 학급비에서부터 내야 할 돈은 왜 그렇게도 많은지. 여자애들과 한 반이 되어서 들떠 있는 다른 애들과 달리 나의 마음은 무거웠다.

키 순서대로 정한 내 번호는 2번이었다. 면담이 시작되는 날 첫 다섯 명에 끼게 되었다. 앞 번호가 끝나고 차례가 왔다.

교무실로 들어가 담임 선생님 옆자리에 앉았다. 담임 선생님께서는 나를 보더니 웃으면서 물으셨다.

"관석이는 누나가 이 학교 다니면서 공부를 잘했다지? 소문이 자자하던데?"

누나는 나와 같은 학교를 나왔고, 3년 동안 수석을 놓친 적이 없었다. 누나를 기억하고 계시는 선생님들께 들으신 모양이었다.

"네."

선생님께서는 교무수첩에 내 사진이 붙어 있는 쪽을 펴더니 물으셨다.

"아버지 직업은? 사업 하신다고 얼핏 들은 것 같은데?"

선생님은 내 동의를 구하려고 펜을 종이 위에 올려놓고는 나의 눈동자와 마주치며 눈꺼풀을 올렸다 내리셨다.

난 잠시 머뭇거렸다.

“공인중개사 하시는데요.”

억지로 입을 열어 혀를 굴렸다.

“어머니는? 주부?”

더욱더 대답하기 싫은 질문이었다.

“보험회사 다니시는데요.”

수첩에 보험이라는 글자가 한 자씩 적혀 나갈 때마다 글자들은 주먹만하게 내 눈에 들어왔다. 선생님께서는 자신과 눈빛을 마주치지 못하는 내 모습과 머뭇거리는 대답들을 들으시더니 물으셨다.

“무슨 일 있니? 그러고 보니 1기분 등록금도 아직 안 냈다고 올라와 있던데. 선생님한테 말해봐. 괜찮아.”

한참을 망설인 끝에 선생님께 그 동안의 사정 얘기를 전부 했다.

“실은 작년에…….”

선생님께서는 진지하게 들으시더니 고개를 끄덕이며 다시 한번 웃으셨다.

“알았다. 고생 많았겠구나. 그만 올라가보거라.”

며칠 후 난 선생님의 도움으로 1년 동안 근로장학금을 받을 수 있게 되었다. 선생님의 도움이 없었다면 학교를 다니지 못하는 사태까지 발생할 수 있었다.

한번은 교무실로 나를 부르시더니 말씀하셨다.

“관석아, 사고 싶은 책이 있으면 선생님한테 말해. 큰 도움은 못 되더라도 책값 정도는 선생님이 도와줄게."

이미애 선생님. 나의 인생에서 가장 큰 은혜를 받았다. 이미애 선생님께 어떻게 감사를 드려야 할지 모르겠다.

*

영화에서나 소설, 만화, 심지어 동화 같은 곳에서 보면 주인공은 불행하게 태어나 어렵게 살아가지만 진정한 마음의 행복을 추구하면서 자신의 삶에 만족한다.

초등학교 때 담임 선생님께나 아니면 윤리, 도덕 교과서에서 배웠을 것이다.

안빈낙도(安貧樂道). 웃기는 소리이다. 부유하게 살고 있는 사람이 가난한 사람의 입장을 몰라서 하는 소리이다. 물론 나도 15년 동안은, 돈이 없어도 행복하게 살아갈 수 있다는 말을 믿었다.

그러나 세상은 그렇게 만만치가 않았다. 돈이 없으면 아무것도 하지 못할뿐더러 매일을 불안에 떨면서 살아야 하는 것이 이 세상의 현실이었다. 돈에 있어서는 선과 악이 없으며 아이에 대한 어른의 자상함조차 남아 있을 만큼 여유롭지가 않았다.

중3 때 나의 하루 용돈은 천원이었다. 여기에서 식비와 교통비를 빼면 하루에 내 맘대로 쓸 수 있는 돈은 250원 가량이었다. 500원으로는 매점에서 빵을 먹었으며, 교통비는 마을버스비로 하교시 집으로 갈 때만 타고 다녔다. 등교할 때는 250원을 아끼려고 걸어서 다녔다.

매점에서 마른 빵 조각을 꾸역꾸역 삼키고 있으면, 1학년 때 매일 도시락 반찬으로 들어 있던 LA갈비가 지겨워 어머니에게 투덜거리던 생각이 나곤 했다.

"어? 관석아, 너 또 돈 떵기려고 빵 먹는 거지?"

친구들이 묻는다.

"으…… 응."

나는 마지못해 대답했다.

큰길을 건너 상가들을 지나쳐 주택단지를 지나 담을 넘고 집들 사이사이 골목길을 가다보면 중앙대 뒷산 샛길이 나오는데, 그 샛길을 이용해 산 하나를 넘어 대학 교내를 가로질러 다시 샛길로 나오면 멀리서 학교가 보인다. 등교 길은 등산이었다. 매일 나를 위해서 같이 걸어 등교해주었던 영기라는 친구에게 배운 길이다.

토요일에는 학교에서 집으로 돌아갈 때도 걸어서 갔다. 500원을 남기기 위해 나를 지나쳐 가는, 우리 학교 학생들로 가득 채운 마을버스 수십 대를 못 본 척 고개 돌려야 했다.

돈으로 쥐어뜯기고 있는 어머니의 마음 한줌을 자식인 나까지도 돈으로 뜯을 수는 없었다.

　돈과 양심에 관해서는 정직했다고 자부할 수 있는 것이 나의 자랑거리이다. 그렇다고 해서 돈이 필요하다고 어머니에게 돈을 달랠 수도 없었다. 돈이 필요하면 250원을 모으고 모아서 사용해야 했다. 모은 돈으로는 다른 곳에 쓰지도 못하고 문제집을 사야 했다. 250원을 20일 정도 모으면 헌책방에서 문제집을 한두 권 정도 살 수 있었다. 1년에 한 번 가을에 열리는 학교 알뜰시장에서는 내년도 문제집을 주머니 사정이 허락하는 한 많이 사두었다.

　이렇게 해야 부모님께 문제집 값을 타다 쓰는 다른 친구들과 동등해질 수 있었다. 또한 하루하루 모아서 사는 것이 돈 없는 어머니에게 손을 내미는 것보다 마음이 편했다.

　그래서인지 학교에서 새 문제집을 가지고 있는 친구들을 보면 부러웠고, 문제집을 함부로 하는 모습을 보면 한심스럽기까지 했다. 그렇다고 해서 남의 물건을 탐해본 적은 없었다. 차라리 점수를 못 얻을지언정 나의 양심을 팔기는 싫었다. 그것이 내가 더욱 비참해지는 것이 아닌가 싶다.

　문제집 사는 것도 겨우겨우인지라 다른 친구들과는 달리 최신가요에 대해 아는 것이 전혀 없었고, 초등학교 때 부른 '화개장터'가 내가 부를 수 있는 노래의 전부였다.

*

한 달 전에 빌렸던 사채 1백만원은 다섯 배가 뛴 5백만원으로 올랐다. 검은 양복의 남자들은 매일 찾아와서 세 식구에게 협박을 해댔다. 내일까지, 내일 모레까지…… 사채업자 입에서 나오는 단어 하나가 빚을 계속해서 올렸다. 사채지옥. 우리 식구는 사채지옥에 빠졌다.

검은 양복의 남자들은 집에 누가 없으면 문 앞에서 여러 명이 서서 진을 치고 있거나 자동응답기에 욕설을 해댔다.

동네 사람들은 동네에 어울리지도 않는 사람들이 찾아오니 퍽 신기한 모양이었다. 지나갈 때마다 힐끔힐끔 쳐다보았다. 자세히 보고 싶지만 용기가 없는 몇 명은 얼굴이 낯이 익을 정도로 자주 지나쳤다.

하루를 새벽·아침·저녁·밤으로 나누어보면, 새벽에는 아버지 회사 채권자들이 찾아왔고, 아침과 저녁에는 검은 양복의 남자들이, 그리고 밤에는 옛 동네 아줌마들이 찾아왔다.

낮에는 협박으로 인한 두려움에, 밤에는 싸움으로 인한 괴로움에 시달려야 했다. 어머니가 혼자서 감당한다는 것은 어림도 없었다.

어머니는 누나와 나를 부르더니 말하였다.

"민영아, 관석아. 집에 있는 가구를 팔아야겠구나. 돈은 별로 나오지 않겠지만 찾아오는 사람들 좀 보거라. 가구를 팔아서 이자라도 주면 며칠이라도 편하게 지낼 수 있을 것 같아서 그래. 어떻게 다른 방도를 찾아보려 했는데……."

어머니의 말꼬리가 점점 흐려졌다.

"엄마, 그렇게 해요. 괜찮아요."

누나가 말했다.

"그런데 관석이 컴퓨터도 팔아야겠는데……."

어머니의 말은 망치로 변하여 머리를 쳤고, 그 여파는 가슴으로까지 전해졌다. 집안 사정을 여실히 아는지라 팔아야 한다고 생각은 했다. 아무렇지도 않게 웃으며 대답하려 했지만 목소리가 도와주지 않았다.

"마…… 음대로 해…… 괜찮아…… 괜찮아……."

목소리는 좁은 방 안에서 메아리가 되어 울렸다.

누나와 나는 안방에서 침묵을 지키며 앉아 있었고, 어머니는 중고 상점에 전화를 걸었다. 전화번호는 이미 메모지에 적혀서 전화기 옆에 놓여 있었다.

메아리가 서서히 물러가려고 할 때 트럭 한 대와 아저씨 두 분이 왔다.

아메리카 원주민 형상을 한 두 아저씨는 발냄새를 풀풀 풍기면서 방 안을 왔다갔다했고, 라면 국물이 묻은 손으로 가구들을 하나씩 밖으로 들고 나가 트럭에 실었다.

한때 입체적으로 소리가 나온다며 대문짝만하게 광고하던, 아버지와 낚시 갔다 오다가 산 29인치 텔레비전, 6학년 때 KBS

컴퓨터 퀴즈대결에 나가기 위해 비싼 돈을 주고 산 486 컴퓨터, 아버지 회사에서 가져온 31인치 그래픽용 모니터, 할아버지가 누나의 일곱 살 생일 때 선물로 사준 피아노, 누나와 나의 개인용 옷장, 세탁기, 그리고 워크맨까지…….

아저씨들의 손을 뿌리치고 컴퓨터는 마지막으로 내가 들고 나갔다.

지폐 수십 장이 어머니의 손에 쥐어지고 집 안은 썰렁해졌다. 바퀴벌레마저 숨을 곳이 없어져 밤마다 못 볼지 모른다. 이제는 발 뻗고 잠꼬대하면서 굴러다닐 수도 있다.

다음날, 받은 돈으로 전화를 살리고 나머지는 모두 사채 이자로 흘러나갔다.

*

학교 장학금 관계로 등본이 필요해 동사무소에 갔다. 등본을 받아본 순간 어리둥절했다. 아버지 이름 옆에 '말소'라는 생소한 단어가 써 있었다.

집에 가서 어머니에게 물어보았다. 어머니는 시원한 대답을 들려주지 않았다. 어쨌든 지금 상황에서는 모두 나쁜 것뿐이라고 생각하고 있어야 했다.

다음날, 작은외삼촌께서 전화를 하셨다. 아버지가 말소를 살리려고 상도동에 왔었는데, 집에 들렀었냐고 물어보셨다.

이게 무슨 말인가! 자식들이 집에서 쫓겨 나왔는데도 발 한 번 움직이지 않았던 아버지요, 학교 갈 차비가 없다고 매일같이 호출기에 메시지를 남겨놓아도 손 한번 움직이지 않았던 아버지이다. 그런 아버지가 자신을 찾으려고 눈에 불이 난 채 권자들이 득실거리는 상도동에 왔었다는 것은 여간 대단한 일이 아니었다. 어머니는 거짓말이겠지 하면서도 못 믿겠다면서 등본을 발급받아보았다.

작은외삼촌 말씀이 맞았다. 정말로 어제까지 있었던 '말소'란 글자가 없었다.

"네 아버지는 자식들 사는 것보다 말소가 더 중요한가 보다."

어머니는 처음으로 우리 앞에서 아버지를 욕했다. 직접적인 표현은 아니었지만 어머니가 아버지를 원망하기 시작한 것은 분명했다. 집안이 이렇게 된 원인 제공자로 미워하는 것이 아니라, 그 후 아버지의 행동, 부모와 처자식 내팽개치고 생활비 한푼 보태주지 않는 것이 원망스러웠던 것이다. 아버지라도 원망함으로써 지친 어머니의 마음이 조금이라도 가벼워진다면 좋겠다.

아버지가 터뜨려놓은 '부도'라는 커다란 짐을 머리에 얹고, 생활비가 필요해 빌려쓴 사채 빚을 양 어깨에 메고, 발목에는 우리를 매달고 살아가는 어머니의 모습을 볼 때마다 매번 아버지가 미워졌다.

과연 아내와 자식에게 뒷일을 맡겨놓고 도망가는 것이 최선의 방법이었을까? 가족 모두가 아버지라는 가장 밑에서 합심하여 이겨 나갈 수는 없었을까?

*

월요일 아침, 운동장에서 애국조회를 했다. 애국조회가 끝나갈 무렵 벌써부터 지루해진 아이들의 몸은 비비 꼬였다.

나도 옆에 있는 친구와 어제 있었던 일을 이야기하기에 바빴다.

―자 다음으로 교내 수학경시대회 시상식이 있겠습니다.

"야! 어제 그거 봤냐? 너무 웃기지? 나 그거 보고 미치는 줄 알았다."

―다음 호명하는 학생은 앞으로 나와주시기 바랍니다.

"응, 짱이더라. 그건 그렇고 우리나라 시합은 언제 해? 새벽에 하겠지? 어떡하지? 학교 나와야 하는데. 밤늦게까지 볼 수도 없고."

―금상 삼학년 십일반 최관석, 은상 삼학년…….

"맞아. 그렇지만 안 볼 수도 없잖아. 안 보면 잠도 안 올걸."

―삼학년 십일반 최관석 학생. 빨리 나오세요.

정신 없이 옆에 친구와 얘기하고 있는데, "야! 최관석, 너 나오래. 빨리 나가!"라며 앞에 있던 여자애가 나를 향해 소리쳤다. 그와 동시에 모든 아이들이 나를 보았고, 나는 얼떨결에 얼굴이 상기되어 앞으로 뛰어나갔다. 처음에는 떠들어서 담임 선생님께 걸린 줄 알았다.

나는 영문도 모르고 전교생 앞에 섰다. 옆에 서 있는 애들이 진지한 자세로 서 있어서 묻지도 못하고 두리번거리며 상황을 살폈다.

"교내 수학경시대회 금상. 삼학년 십일반 최관석. 앞으로!"

내 이름을 부르면서 앞으로 가라고 가리키는 손은 교장 선생님께서 서 계신 교단을 향하였다. 나는 머쓱해서 쭈뼛거리며 걸어올라갔다.

교장 선생님께서 내민 상장을 받은 동시에 포옹을 받았다. 이어지는 전교생의 박수 소리에 깜짝 놀랐다. 상장을 받고서야 저번주에 본 수학경시대회가 생각났다.

상을 받고 내려오면서 머릿속에는 어머니가 이걸 보면 얼마나 좋아할까? 하는 생각밖에 없었다.

2학년 때 받았던 과학발명품대회 금상에 이어 두 번째 받는 큰상이었지만 교장 선생님께 직접 받기는 초등학교 이후 처음이었다.

어머니에게 빨리 자랑하고 싶어서 마을버스를 탔다. 나도 누나처럼 자랑할 거리가 생겼다는 사실이 너무 좋았다.

　할아버지를 만나는 날이다. 어머니는 어젯밤에 사온 닭으로 아침부터 요리를 하느라 부산했다. 닭은 삼계탕이라는 이름이 붙여져, 여러 반찬들과 함께 큰 도시락에 담겨졌다.

　흑석동에서 나온 뒤 할아버지는 여인숙에서 살면서 아파트 경비를 하고 있었다.

　노량진역에서 버스를 타고 낯선 동네에서 내렸다.

　할아버지가 쓰는 여인숙 방은 둘이 자기에도 벅찬 비좁은 방이었다. 내 허리에도 못 미치는 냉장고는 예전에 할아버지 방에서 보던 것이었다. 간이 옷걸이에는 경비원복 한 벌과 때가 타서 누렇게 변한 잠바와 티셔츠 몇 장이 걸려 있었다. 한쪽 구석에는 이불이 아래위로 두 겹씩 깔려 있었고, 머리맡에는 내가 초등학교 때 라디오 조립대회에서 입상하여 탔던 라디오가 놓여져 있었다. 화장실은 열 가구가 공동으로 써야 했다. 이불 표면을 덮고 있는 얼룩은 본래 아름다움을 보여주기 위해 있었던 것인지 아니면 살 곳을 찾아 떠돌다 안착해버린 곰팡이인지 알 수 없었다.

　자리에 앉자마자 할아버지는 누나 5만원, 나 3만원을 손에 쥐어주더니 입을 열었다.

"할아버지가 돈을 찾지 못하는 곳에 맡겨두어서 당시에 못 주었단다. 미안하구나. 너희 고생만 시켜서…… 앞으로 민영이가 잘돼야지 할아버지가 같이 살 수 있을 텐데……."

더 이상 할아버지는 말을 잇지 못하더니 눈물을 흘렸다. 할아버지가 우리 앞에서 처음으로 보인 눈물이었다.

할아버지가 우는 모습을 본 누나와 나 역시 감정에 억눌려 울고 말았다. 싸온 반찬들이 눅눅해져가는데 꺼내보지도 못하고 울기만 했다.

초등학교 3학년 여름, 할아버지 방에서 할아버지 옆에 누워 잠을 잘 때 밤하늘의 별을 보면서 "난 커서도 할아버지와 같이 살 거야"라며 할아버지와 약속했었던 적이 있었다.

"관석아, 그 약속 잊지 말아라. 아니 잊어도 괜찮다. 지금 관석이가 할아버지를 그만큼 사랑하고 있다는 것만도 할아버지는 고맙단다."

할아버지와의 약속은 내가 사회에 나가기도 전에 깨져버렸다.

집으로 돌아오는 버스 안에서 누나는 또 한번 눈물을 흘리면서 내게 말했다.

"할아버지는 왜 자꾸 불쌍한 모습을 보이시는 거야? 차라리 우리를 매몰차게 내쫓지. 차라리 우리에게 욕을 하지……."

*

　지하철을 타고 어머니와 누나와 함께 서초동에 있는 국립중앙도서관에 갈 때였다. 주말이면 시간이 날 때마다 도서관에 가곤 했다.

　방학이었지만 아침 출근시간이어서 지하철 안은 손을 어디에 두어도 민망할 정도로 많은 사람들로 북적거렸다. 당연히 우리 세 식구는 딱 붙어 있었다.

　한 정류장을 지나니 갑자기 어머니의 표정이 굳어지셨다.

　"관석아…… 아니다. 내려서 얘기하자."

　무슨 일인지 궁금했지만 지금은 치한으로 몰리지 않게 균형을 잡는 것이 더 급했다.

　어머니는 내리자마자 말씀하셨다.

　"너 머리 감은 지 며칠 되었니? 머리에서 기름냄새가 올라와서 서 있질 못하겠더라. 네 주위에 사람들이 가지 않아서 가까이 가보니. 원, 빨리 집에 가면 머리부터 감자."

　얼굴이 뜨거워지면서 발갛게 달궈졌다. 나 자신도 내가 언제 머리를 감은 지 기억이 나지 않는 것이었다.

　집 욕실에 샤워기가 없다 보니 귀찮아서 차일피일 미룬 것이다. 가스도 매번 끊겨 뜨거운 물이 나오지 않았다. 여름이라도 견디기 힘들 정도였다.

　매일 집안 걱정만 했지, 내 몸은 전혀 돌보지 않았던 것이다. 집에 도착하자마자 나는 머리를 미친 듯이 감았다.

*

항상 돈에 시달리는 어머니를 보면서 어머니에게 뭔가 조금이라도 도움되는 일이 없을까 생각하다 아르바이트를 하기로 결심했다. 내 용돈은 내가 벌어서 쓰고 싶었다.

신문보급소에 갔다. 매일 신문을 배달하려면 꽤 힘들겠지만 앞뒤 가릴 때가 아니었다. 막상 보급소 앞에 서니 문을 열 용기가 나지 않았다. 집에서부터 걸어오면서 입으로 줄줄 외었던 대사들은 문 앞에 서자마자 머릿속에서 날아가버렸다. 떨리는 손으로 문을 잡고 옆으로 밀었다.

끼끽. 점점 벌어지는 문틈 사이로 좁은 보급소 안의 풍경이 완성되어 갔다. 사무실 안에는 책상 하나와 소파 하나밖에 없었다. 소파 위에는 내 또래 애들 세 명이 앉아 있고, 책상에는 아무 말도 없이 나를 쳐다보는 아저씨 한 분이 앉아 계셨다.

"저…… 신문…… 배달하고 싶어서 왔……."

"너말고도 많다. 여기 앉아 있는 세 명도 배달하러 왔어."

겨우 용기를 내어 힘들게 말하니 중간에 끊어버렸다.

"네, 안녕히 계세요."

안 된다는 말을 직접적으로 듣지 않았지만 나는 그냥 나왔다.

집으로 오는 동안 보급소 문을 열었다고 생각하니 얼굴이 붉어지면서 방금 전의 일이 믿어지지 않았다.

어머니가 사채에 대해 알아보려고 쌓아놓은 지역신문 한 장을 펼쳤다.

"아르바이트…… 아르바이트…… 아르……."

아르바이트라고 써 있는 부분이 눈에 들어왔다. '학생 전단지 시급 3000' 전단지를 돌리는 아르바이트가 의외로 많았다. 차례대로 전화를 걸었다.

"네. 족발집입니다."

"전단지 돌리……."

"벌써 구했는데요."

전화 받는 사람 역시 말도 채 끝나기 전에 대답을 들려주었다. 그 이후 어디를 걸어보아도 마찬가지였다. 아직 구하지 못한 곳은 내가 중학생이라는 이유만으로 거절당했다. IMF가 터지고 나서 실직자들이 늘어나자 아줌마들이 대부분 전단지 돌리는 일을 차지하였다.

생각 같아서는 우유 배달을 하고 싶었지만 학생 신분으로 돈을 벌기 위해 공부를 소홀히 할 수는 없었고, 식당 배달일은 경험자가 아니면 할 수 없을 정도로 구하기 힘들었다.

다음날, 하교 길에 영기에게 아르바이트를 구하고 있노라는 얘기를 꺼냈다. 영기는 자세히 듣더니 "나도 도와줄게"라고 말했다.

너무나 흔쾌히 도와주겠다는 영기의 말이 거짓말처럼 들렸다. 영기의 선의가 선뜻 내키지 않았다. 영기는 자신이 아는 집에서 전단지 돌리는 아르바이트생을 구하고 있다며 그곳으로 가자고 했다.

영기가 말한 곳은 피자집이었는데 한 장 돌릴 때마다 십원이었다. 기다란 종이에 손목만한 구멍이 뚫려 있는 전단지를 아파트 각 집마다 꽂고 오는 것이었다.

피자집 주인 아저씨와 첫 대면할 때 가슴이 무척 두근거렸다. 일종의 면접이었다. 주인 아저씨는 우리를 훑어보더니 영기와 나에게 각각 300장씩의 전단지를 주면서 흑석동에 있는 아파트 단지에 다녀오라고 했다.

차비를 받아 버스를 타고 흑석동에 있는 아파트 앞에 도착해서 막상 돌리려고 하니 창피했다. 더구나 이 아파트에는 같은 학교에 다니는 친구들이 많이 살고 있어서 여간 까다롭지 않았다.

엘리베이터를 타고 꼭대기층까지 올라가서 한 장씩 손잡이에 꽂으며 내려오기만 하면 된다. 그렇지만 모든 일이 쉽지 않듯이 입구에 있는 경비실을 통과해야 하는 장애물이 한 가지 있었다.

가방에 전단지를 넣고 표정은 최대한 자연스럽게, 시선은 정면을 향해야 하며, 자칫 눈을 옆으로 돌리는 일이 없어야 한다. 아파트에 친구가 있는 것처럼 태연하게 걸어들어가는 것이 포인트다. 일명 전단지 돌리기의 노하우이다.

아파트 15개 동 45개 줄을 돌면서 경비 아저씨께 걸린 적이 한두 번이 아니었다. 욕도 많이 들었다. 어떤 때는 나무 밑에 숨기도 하고, 벤치 뒤에 엎드리기도 하고, 한 곳을 들어가기 위해 용기를 내려고 그 주위를 서너 번 배회하는 것은 기본이었다. 처음 돌린 날은 익숙하지가 않아서 학교가 끝나고 5시부터 밤 9시까지 계속되었다.

첫날, 한 장도 버리지 않고 더 보태지도 않고 돌리고 나니 50장 정도가 남았다. 주인 아저씨께서 수고했다며 3천원을 주셨다.

옷은 땀과 먼지로 가득하였고, 손은 바닥을 헤집고 다녀 손등과 손바닥 색이 바뀌었다. 다리에는 사과만한 근육이 뭉쳐져 있었다. 꼬질꼬질한 손을 덜덜 떨면서 3천원을 받아들었다. 떨렸고 순간 말로 표현하지 못할 기분이 용솟음쳤다. 태어나서 생전 처음으로 번 돈이었다. 내 손으로 내 다리로 직접 뛰어다니면서 번 돈이었다. 그 어느 돈보다 가치 있는 돈이었다.

3천원을 주머니에 넣고 그 위에 손을 올려놓은 채 집을 향해서 달렸다.

천원은 다리 품삯이었고, 천원은 사람들 눈치 본 삯이며, 천원은 경비 아저씨께 먹은 욕 삯이었다.

대문을 신나게 발로 차고, 어디 갔다 이제 오냐는 어머니의 말도 무시한 채 방으로 뛰어들어가 어머니 앞에 3천원을 꺼내놓았다.

"엄마 필요한 곳에 써."

웃으며 어머니에게 드렸다. 어머니는 눈물을 잠깐 글썽이더니 다시 나에게 돈을 주면서 말했다.

"엄마는 정말 기쁘구나. 그리고 이건 관석이가 처음으로 번 돈이니까 관석이가 써야지. 엄마는 이 일로 인해 관석이가 돈의 가치에 대해 알게 되었다면 그것만으로도 충분해."

3천원이라는 작은 돈이지만 쓸 수가 없었다. 그래서 사전 속에 넣어둔 채 아직까지 쓰지 못하고 있다. 뿌듯한 하루였다. 진정한 보람을 맛보았으며 돈의 소중함과 담력(?)을 얻을 수 있었다.

*

따르릉, 따르릉…….

매번 받을 때마다 나쁜 소식을 전해주는 전화기는 오늘도 예외가 아니었다.

"이해순씨 댁입니까? 지금 즉시 L경찰서로 와주십시오."

뜬금없이 경찰서에서 전화가 왔다.

어머니와 나는 버스를 타고 정류장에서 내려 경찰서 입구로 걸어갔다. 가는 동안 어머니는 내 손을 꼬옥 잡고는 놓지를 않았다. 손 안에서는 송글송글 땀이 맺혔지만 놓아달라는 말을 할 수가 없었다.

 L경찰서 입구에 들어서서 어머니가 주민등록증을 제시하고 건물로 들어가려던 찰나였다. 텔레비전에서만 보던 한 범인이 경찰에게 양팔을 붙들린 채 들어오는 모습을 볼 수 있었다. 나는 그 광경이 신기해서 가까이 가서 보려고 발을 옮겼다.

 끌려가는 사람에게 가까이 다가간 순간 그 사람은, 내가 그토록 신기하게 생각하던 그 사람은, 형사에 의해 강제적으로 끌려가는 그 사람은 다름아닌 아버지였다. 아버지의 두 팔을 잡고 있는 사람들 중 한 명은 낚시복을 입고 있는 낯익은 사람이었다. 아버지의 오른쪽 눈에는 퍼렇게 멍이 들어 있었다.

 아버지는 나와 눈이 마주치자 잠시 생각에 잠기더니 이내 고개를 떨구었다. 자식 앞에서 부끄러운 모습을 보여준 아버지로서의 양심이었을까? 아니면 이제는 어쩔 수 없다는 일종의 체념의 표시였을까? 떨어지는 아버지의 고개를 따라 이제까지 바라보고만 있었던 아버지에 대한 나의 존경심도 떨어지고, 나는 아버지가 한 사람의 인간으로서 불쌍하다는 생각이 들었다. 나는 아버지를 더 이상 쳐다볼 수가 없어서 눈을 감으며 고개를 옆으로 돌렸다.

 아버지는 끈질긴 채권자들의 조사 끝에 붙잡혔다. 어쩌면 몇 달 전 아버지를 찾아갔던 것도 그 사람들에게 하나의 실마리를 제공했을지도 모르겠다.

어머니는 아버지의 모습을 보자마자 나에게 천원을 건네더니 먼저 집에 가 있으라고 했다. 열여섯의 나이에 경찰서에서 눈에 멍이 든 아버지를 본다는 것은 그리 좋은 일이 아니다.

예상 외로 집에 빨리 돌아온 어머니는 생활정보신문을 펼치더니 숨을 깊게 들이마시고는 사채를 빌리기 위해 다이얼을 눌렀다.

매일 아버지를 원망하던 어머니가 아버지를 위해 사채를 빌리자 나는 매우 놀랐다. 어머니는 백만원을 빌려 나와 함께 경찰서로 다시 갔다.

경찰서에서 어머니는 식당에서 밥을 사서 아버지에게 넣어주었고, 나머지 돈은 흰 봉투에 넣어서 형사에게 자연스레 넘어갔다. 형사에게 돈을 건네는 어머니, 그 돈을 당연하다는 듯이 받아먹는 담당 형사. 흰 봉투는 뱀이 혀를 날름거리며 개구리를 순식간에 낚아채듯 형사의 주머니 속으로 쑥 들어갔다.

어머니는 집으로 돌아와서 눈물을 흘렸다. 그 눈물이 아버지를 향한 눈물이었는지는 모르겠지만, 어머니의 행동은 모순된 점이 많았다.

*

학교에서 돌아오면 집에 있는 어머니를 자주 볼 수 있었다.

생활정보신문을 이리저리 찾아보며 누나와 나의 눈치를 살피는 어머니를 보면서 '설마' 했다. 그러나 예감은 맞아 떨어졌다. 어머니는 보험회사를 그만두었다. 흔히 요즘 말로 짤렸다고 해도 틀린 말이 아니다.

어머니의 보험회사 실적은 다른 사람들과 달리 눈에 띄게 좋았다.

일전에 어머니 월급날 노량진역으로 어머니를 마중 나갔다. 어머니는 나에게 통장을 보여주면서 말했다.

"관석아, 엄마 대단하지? 이거 봐라. 조금만 더 노력하면 더 많이 받을 수 있을 거야."

어머니가 보여준 통장 안에는 2와 0이 여섯 개 붙여진 숫자를 볼 수 있었다. 어머니는 돈을 벌기 위해 우리 생각을 하면서 창피함을 무릅쓰고 아무 회사나 찾아가서 보험 일을 했다는 것이다.

그러나 어머니가 보험회사를 다닌다는 사실을 알게 된 채권자들과 옛 동네 빚쟁이들이 매일 어머니의 회사를 찾아가서 이번 월급은 자신의 것이라는 둥 돈 갚으라는 말을 하면서 서로 싸움이 붙기도 하였다. 이렇게 되면 회사 안의 분위기는 안 봐도 뻔한 것이었다.

결국 지점장은 어머니에게 미안하다는 말을 던졌고, 팀장 자리에 올라가는 일은 시간 문제라는 소문을 뒤로 하고 어머니는 회사를 나와야 했다.

9월 1일. 어둠이 하늘을 가리고 잿빛 구름들이 서서히 자리를 잡으며 몰려들고 있었다. 인적이 드문데다 동네에 하나밖에 없는 가로등은 제 구실을 못하여 깜박거림을 반복하고, 간간이 울려퍼지는 개 짖는 소리가 우리 집 창문을 두드렸다.

오늘은 아무도 안 오나 기다리고 있는데 아래층에서 주인집 아주머니가 올라오더니 어머니를 찾았다. 주인집 아주머니와 같이 내려간 어머니는 한 시간 정도 지났을 무렵 얼굴에 핏기가 사라져서 올라왔다. 어머니는 누나와 나를 앞에 앉혔다.

누나와 나는 침을 꿀꺽 삼켰다.

"주인집 아주머니께서 일주일 안에 방을 비워달라고 하시는구나."

가슴이 철렁거리며 몸에 있던 기운이 아래로 쏠렸다. 심장이 2초 정도 뜀박질을 멈추었다. 눈앞이 캄캄해졌다. 모든 시간의 흐름이 멈추고, 방 안이 나를 중심으로 뱅뱅 돌아가고 있었다.

"왜? 아저씨가 우리 오랫동안 살게 해주신댔잖아."

학교에서 좀 전에 돌아온 누나가 교복도 벗지 못하고 물었다.

“방세가 밀렸거든……..”

“방세가 밀렸다고? 엄마 우리가 매달 방세 냈냐고 물으면 걱정 말라고 했잖아?”

어머니는 잠시 아무 말도 없다가 낮게 말했다.

“……어쨌든 민영이한테 미안하구나. 수능도 두 달밖에 남지 않았는데. 정말 미안하구나.”

“…….”

침묵만이 흐르고 있었다.

어머니는 누나와 내가 걱정할까 봐 거짓말을 해왔던 것이다. 물론 누나와 나도 어머니의 배려를 알고도 남았기에 더 이상 묻지 않았다. 지금 누구보다도 마음이 무거운 사람은 어머니란 걸 알기 때문이었다.

어머니가 매월 월세를 내고 있다는 말도 거짓말이었고, 수인집에서 우리를 오래 살게 해준다는 말도 애당초 없었던 것이나 마찬가지였다.

방세는 7개월치인 350만원이나 밀려 있었다.

앞으로 일주일. 통장은 0에 멈추어 있고, 수중에 모아둔 돈 한푼 없는 세 식구에게는 가혹한 시간이었다. 이번에야말로 갈 곳이 없을 것 같았다. 이제 끝인가!

시간 같지 않은 시간이 아무런 계획 없이 지나가고 약속한 날짜가 어느새 이틀 앞으로 다가왔다. 나흘 동안 방을 구해보았지만 우리가 갈 수 있는 곳은 없었다. 보증금 없는 방은 없었던 것이다. 나흘 동안 밤마다 올라오는 주인 아주머니께는 계획대로 나갈 수 있다고 하며 쌀포대에 이삿짐까지 챙겨놓았다.

학교에서도 무엇을 배웠는지 기억나지 않을 만큼 머릿속에는 살 수 있는 방법을 찾느라 정신이 없었다. 덮고 잘 이불까지 묶어놓아서 구석에서 세 식구가 머리를 맞대고 자야 했다. 그렇게 또 하루가 갔다.

드디어 내일이다. 약속한 내일이 하루밖에 남지 않았다. 싱숭생숭한 마음으로 학교에 갔다. 담임 선생님께서 조회를 막 마치려던 참이었다. 그때까지 풀지 않고 있던 가방을 메고 앞으로 나가서 기어들어가는 목소리로 말했다.

"선생님, 저 지금 집에 가봐야 돼요."

"왜 그러니? 집에 무슨 일이 생겼니?"

"집 이사해야 되거든요."

쫓겨났다는 말은 하지 않았다. 괜히 걱정 끼쳐드리고 싶지 않았다. 담임 선생님께서는 이미 우리 사정을 알고 계시던 터라 더 이상 묻지 않고 고개를 끄덕거리셨다.

"알겠구나. 빨리 가보거라. 내일은 올 수 있니?"

순간, 이제 다시는 학교에 나오지도 못할 것 같다는 생각이 들었다. 감정이 울컥거렸다. 눈시울이 뜨거워졌다. 그래도 얼굴에 미소를 띠며 웃으면서 말했다.

"아마도요."

마지막이 될 인사를 하고 친구들의 부러운 시선을 받으며 교문 밖을 나와 집으로 향하는 마을버스에 올랐다.

큰길을 가운데 두고 한쪽에는 집들이 하나씩 무너져가고 언제 어디에서 무엇이 날아와서 자신들을 괴롭힐지 모르고 하루하루를 가슴 조이며 살아가는 동네가 있었다. 또 반대쪽에는 집을 둘러싸고 있는 담벼락의 끝이 보이지가 않고, 대문의 크기는 하늘과 맞닿아 있으며, 집과 집 사이는 너무도 멀어 차를 타고 다녀야 하는, 집을 만든 벽돌 하나가 우리의 한 달 생활비인 동네가 있었다. 이렇듯 양극화의 현상을 뚜렷하게 보여주는 상도동, 이 지긋지긋한 동네를 떠나야 할 시간이 얼마 남지 않았다.

77개의 계단을 서너 칸씩 뛰어올라와서 언덕을 지나 거칠어진 호흡을 가다듬을 시간조차 없이 집에 도착하였다.

방 안에는 생활정보지가 어지러이 널려 있었다. 어머니는 기다렸다는 듯이 내 손을 잡고 방을 구하러 나갔다.

복덕방을 이리저리 다녀보았지만 어느 곳이나 무보증금은

거절이었다. 아마 내가 주인이었더라도 무보증금은 거절했을 것이다. 어머니와 나는 이곳저곳을 뛰어다녔다.

해질 무렵, 겨우 수소문한 끝에 방 하나를 구할 수 있었는데, 보증금 2백만원에 월 25만원이었다. 어떻게든 안 되면 보증금은 나중에 드리겠다고 해놓고 집으로 발걸음을 돌렸다.

'이제 어떡하지? 하늘도 참 무심하구나.'

땅과 평행을 이룬 얼굴의 눈은 마지막 한 장 남은 오늘 나온 생활정보지를 향했다. 어머니와 나는 버스정류장에 놓인 의자에 앉아 혹시나 하는 생각에 전·월세 구역을 펴서 샅샅이 뒤져나갔다. 지나가는 사람들은, 학교에 있을 시간에 교복을 입고 어머니와 의자에 앉아 생활정보신문을 뒤적거리는 내 모습을 이상하다는 듯이 쳐다보았다.

어머니의 검지가 위에서 아래로 첫 장에서 마지막 장 끝으로 멈춤 없이 훑고 지나갔다.

'무보증. 월 50만원. 6개월 동안 있으실 분. 즉시 입주 가능. 사당1동……'

마지막 장 끝에서 네 번째 줄에서 손가락이 멈추었다.

"관석아, 여기 왠지 될 거 같다."

삶의 마지막 기로에 서면 발산되는 인간의 예감일까?

여전히 불안해하는 내 마음도 모르고 어머니는 전화를 하였다. 나는 조마조마한 마음을 귀로 집중시켜 상대쪽에서 전화를 받기만을 기다렸다.

방을 구할 수 있을지 없을지 확실하지도 않았지만 기회가
주어진 이상 마음속은 희망으로 가득 차기 시작했다.

마지막 남은 실오라기를 잡고서 전화 통화를 한 후 바로 사
당동으로 달려갔다.

사당동에 도착해서 집을 찾으려고 이리저리 살펴봐도 도저
히 찾을 수가 없었다. 나는 속으로 속은 것 같다는 생각을 하
면서도 발걸음은 더욱 빨라졌다. '이 아저씨가 사기를 쳤나!'
믿고 싶지 않은 생각이 차츰 이성을 지배하고 있을 때였다.

주인 아저씨가 마중을 나오셨다. 주인 아저씨의 머리는 스
포츠형으로 짧고, 눈썹은 숯덩이마냥 진한 것이 얼굴을 번듯
하게 꾸며주었는데, 아저씨의 모습에서 어딘지 모르게 어색한
분위기가 흘러나왔다. 자세히 보니 걸으실 때마다 왼쪽으로
불안정하게 쏠렸다. 그럴 때마다 균형을 잡으려고 안간힘을
쓰는 아저씨는 한쪽 다리를 절뚝거리셨다.

한참을 잘못 들어온 길을 빠져나와 주인 아저씨 집으로 갔
다. 3층 주택이었다. 어머니는 주인 아저씨에게 이런저런 애
기를 하면서 사정을 호소했다. 아저씨는 지금까지 방을 구하
러 사람들이 많이 찾아왔었다면서 비어 있는 2층 방으로 한번
가보자고 하셨다.

2층 방은 방 두 칸이었다.

'와우! 지금 살고 있는 상도동과 비교도 되지 않게 깨끗하
고 좋잖아!'

각 방문을 열자마자 곰팡이 핀 냄새가 코를 자극했지만, 무엇보다도 집다운 맛이 풍겨났다.

부엌은 입식이었고 욕실에는 샤워기까지 있었다. 거기에다가 우리가 달마다 겪는 가스비의 고충을 아는 듯 도시가스였다. 어머니도 만족했는지 내 손을 꼭 잡았다.

둘러보고 나서 다시 주인 아저씨가 사시는 3층으로 올라가서 두 분이 말씀을 나누셨다.

"아주머니말고도 많은 사람들이 왔었어요."

어머니는 속사정을 모두 털어놓았다. 지금까지의 이야기를 말했고, 이곳 아니면 갈 곳이 없다고 말했다.

주인 아저씨는 어머니의 모습이 안쓰러워 보였는지 우리에게 방을 내주셨다. 내일부터라도 좋으니 와서 살라고 하셨다.

"저, 그런데 전에 살던 사람이 내지 않고 간 도시가스비 23만 원 때문에 지금 가스가 끊겨 있어요."

집으로 돌아오는 길에 어머니는 나에게 말했다.

"관석아, 너는 엄마와 방을 같이 써야겠다. 누나는 고3이니까, 알았지?"

나는 예상했었고, 그러길 바랐기 때문에 고개를 끄덕이며 동의했다.

"참 고마운 분이구나. 그 아저씨 가족도 부도가 나서 사정이 안 좋으시대. 지금 그 집도 경매에 붙여져서 육 개월밖에 못 있는다는구나. 그렇지만 그 육 개월은 잠정적인 거라서 더 살 수도 있대. 그 아저씨는 부도가 났을 때 검은 양복의 남자들이 찾아와 아저씨를 한강변에 데려가서 협박했다는구나. 그때 그 아저씨께서는 웃옷을 벗으시면서 어차피 이렇게 해봐야 돈이라도 나오겠냐며 나를 죽이고 끝을 낼래, 아니면 조금이라도 갚길 원하냐며 가족에게 손을 댈 거면 지금 나를 죽여라고 당당하게 말씀하셨다는구나. 참 대단한 분이지? 혼자서 다 막아내신 것이……."

어머니의 말이 간접적으로 아버지를 향한 화살이라는 것을 느꼈다. 나는 바로 그전까지만 해도 회사가 망하면 사장들은 당연히 도망가는 것인 줄 알았었다.

'아버지는 왜 도망간 거지?'

어렵지만, 그 속에서 가족이 다같이 모여 살아가는 것이 부러웠다.

*

약속한 날 아침이 왔는데도 이삿짐들은 움직일 생각을 하지 않았다. 짐은 벌써 이틀 전부터 꾸려놓았지만 정오가 되어서도 나가지를 않았다.

오늘까지 지불하기로 한 밀린 방세 350만원도 없었고, 사당동에 들어갈 방세 50만원조차 없었다.

미칠 것 같았다. 그러나 아무 소리도 할 수 없었다. 내가 이러는데 어머니는 오죽하겠는가! 어머니는 그나마 전화할 곳도 없으면서 여기저기 전화를 하였다.

어머니와 나는 땅이 꺼져라 한숨을 푹푹 쉬며 해가 지기만을 기다렸다. 약속한 하루가 지나가려고 했다. 역시나 주인 아주머니께서 올라왔다. 어머니가 난처한 표정으로 머리를 굽실거리며 내일까지 비우겠다고 사정사정을 한 끝에 주인 아주머니의 짜증스러운 얼굴과 투덜거리는 말을 듣고 장담할 수 없는 하루를 연장할 수 있었다.

누나는 이른 저녁부터 학교에서 조퇴하고 와서 방 안에 앉아 있었다. 인생의 중요한 전환기라고 할 수 있는 수능을 두 달 앞둔 상황에서 누나의 마음이 얼마나 심란할까? 누나가 너무나 불쌍했다. 그래서 내가 할 수 있는 데까지 심부름 등 잔일을 해주었다.

쾅 쾅 쾅!

누군가가 문을 두드렸다. 아차 싶었다. 이런 모습을 채권자들이 보게 된다면 끝장이다. 조마조마한 마음으로 문을 열었다. 문 앞에는 덩치 큰 아저씨가 서 있었다. 키는 나와 비슷하였지만, 몸은 나를 여덟 명 정도 채우고도 남을 정도였다.

서로 아무런 말도 없이 쳐다보고 있으니, 뒤에서 어머니가 아저씨 모시고 올라오라며 재촉했다.

덩치 큰 아저씨께서는 S아저씨라고 부르라며 자신을 소개

하더니 어머니 동창이라고 하면서 어머니에게 백만원을 건네 주셨다. 착하게 살면 귀인이 돕는다더니 생각했다.

누나와 나는 누구에게나 처음 보면 갖게 되는 경계심을 풀지 않고 있었지만 옳고 그름을 따질 겨를이 없었다. 당장 나가야 했다.

이삿짐 비용을 조금이라도 줄이고자 S아저씨와 어머니, 그리고 나는 마을 한쪽 재개발로 인해 무너져버린 곳에다 새벽 내내 큰 물건들을 버렸다. 온갖 잡동사니와 이불 등 규모가 크거나 꼭 필요한 물건이 아닌 것들은 될 수 있는 한 모두 다 버렸다. 손에 물건 하나를 들어 나를 때마다 머리에서 발끝까지 모든 피들이 들썩들썩 방망이질하며 머리로 쏠리기 시작했다. 혹시나 누군가가 이 장면을 보지는 않을까?

'설마 같이 살기 힘든 세상에 신고를 하겠어?'

사람을 믿는 수밖에 없었다. 허물어진 옛 집터에 누구에게 향하는지도 모르는 우리의 원망 덩어리를, 먼저 왔다 간 사람들이 두고 간 원망 덩어리 위에 얹었다. 덩어리들은 이미 내 키를 넘어 있었다. 그러나 제 구실도 다하지 못하고 버려지는 가구들은 자신들의 원망을 주인인 우리에게 다시 쏟아부어서 우리는 조금도 짐덩어리를 줄일 수 없었다.

그런데 버려지는 물건들 중 대부분이 어머니의 물건이라는 것을 나는 알아차리지 못했다.

*

　주인 아주머니의 인내심이 허락되는 마지막 날이었다. 어김없이 오늘도 해는 떴고, 이른 아침부터 생계비를 벌러 나가는 사람들로 골목은 분주하였다.

　우리는 우리 나름대로 이사할 준비를 하느라 여념이 없었다. 어젯밤 어머니의 동창이라는 분에게 생각지도 못한 돈을 받고 나서 이사를 하게 되었다. 이번에도 역시 남의 도움을 받게 되었다.

　이삿짐 센터 트럭을 맞이하러 언덕을 내려가고 있을 때 같은 모양의 모자를 쓰고 왼편에는 검은색 장부를 든 두 사람이 나를 지나쳤다.

　가까스로 골목을 들어오는 운전자의 실력에 감탄하고 있을 때, 조금 전에 나를 지나쳤던 두 사람이 다가와 어머니에게 갔다.

　"아주머니, 안녕하십니까? 동사무소에서 나왔습니다. 오늘 신고가 들어왔는데…… 이 집에서 재개발지역에 쓰레기를 버리셨습니까?"

　"아니요."

　모르는 일이라고 발뺌하는 어머니의 짧은 한마디가 오히려 어색하게 느껴졌다.

“네, 알겠습니다. 일하시는데 죄송합니다.”

알고도 지나쳐주는 눈치였다. 우리는 아랑곳하지 않고 어제 왔던 S아저씨와 함께 이삿짐을 차에 실었다.

어젯밤이었다. 주인 아저씨와 아주머니께서 어머니와 함께 방에 앉아 계셨다.

어머니는 50만원을 주인 내외분께 내밀며 말했다.

“아주머니, 죄송해요. 지금은 이것밖에 없어서…… 이사하고 나서 애들 통해 나머지는 갖다드릴게요.”

주인 아저씨께서는 생각에 잠기시더니 말씀하셨다.

“애기 엄마, 어차피 나머지 주려고 하면 빌려야 하겠지? 그러지 말고 애들 성공하고 잘살게 되면 나머지는 그때 주구려. 이자는 주스 한 박스면 되고…….”

어머니의 눈에서는 주인 아저씨의 말이 끝나기가 무섭게 눈물이 글썽거렸다.

세상에는 과연 나쁜 사람들만 판치는 것은 아니었다. 물론 주인 아저씨의 선행에는 매일 찾아오는 검은 양복의 남자들과 돈도 되지 않으면서 위층에서 기생하고 있는 우리를 떼어내는 것이 자신들에게 훨씬 편하다는 이해타산이 숨어 있기도 했겠지만, 우리에게 돈을 제하여준다는 것은 목숨을 연장해주는 것과 마찬가지였다.

주인 아저씨의 미소를 보는 어머니의 몸이 떨리고 있었다. 구슬같이 굵은 눈물들이 떨어져 어머니의 바지를 축축하게 적셨다.

어머니는 휴지로 눈물을 훔쳐내며 말했다.

"감사합니다…… 감사합니다…… 이 은혜 절대 잊지 않을
게요."

어떤 역경과 시련이 있어도 눈물 한 방울 보이지 않던 어머
니가 사람의 정에 무너져버렸다. 협박과 욕을 하면서 돈을 갚
으라는 사람보다 돈 되면 언제든지 갚으라고 하는 사람에게
더 미안해지는 것이 사람의 마음이 아닐까 싶다.

앞으로 우리가 얼마나 어떻게 변할지는 모르겠지만 세상엔
변치 않는 그 무엇인가가 있기에 사회의 밝은 모습을 볼 수 있
다고 믿고 싶다. 변하지 않는 소망, 그리고 사람들 깊숙이 잠
재되어 있는 따뜻한 정이 오고가는 세상이기를 바란다.

트럭도 제대로 들어오지 못하는 동네, 일명 달동네를 벗어
나서 사당동으로 향하기 시작했다.

*

영기가 학교가 끝나자마자 이삿짐 나르는 것을 도와주러 왔
다. 이사 오기 전날 큰짐들은 다 버려서 작은 것들밖에 없었지
만, 누나의 책은 아직 많았다. 오죽하면 이삿짐을 나르는 아저
씨께서 이 집에 학자가 사냐고 물었을 정도였다. 어머니는 가

구는 포기하여도 누나와 내가 공부할 책은 손도 대지 않았다.

이삿짐의 부피가 점점 줄어들고 있었다. 주위는 어둑어둑해 졌다.

"아주머니, 배고픈데 밥이나 시켜주세요. 먹고 하죠."

이삿짐 비용과 밥값은 따로라는 듯이 아저씨들은 어머니에 게 당당히 말했다.

나는 어머니에게 다가가서 물었다.

"엄마, 돈 있어? 시켜도 괜찮겠어?"

어머니는 지갑을 열었다. 지갑에는 좀 전에 사온 콜라 두 병 값이 나가고 1만 2천원이 남아 있었다. 어제 방세 50만원을 주 고 새로 이사 온 집에 30만원을 주고 이사비용을 제하고 남은 것이었다. 집세도 50만원을 주어야 했지만 주인 아저씨께 나 중에 20만원을 드리겠다고 하고 30만원만 먼저 드린 것이다.

"아저씨 뭐 드실 거예요?"

"응, 꼬마야, 우리 둘은 잡채밥 시켜다오."

"영기야, 너는?"

"응, 나도."

선택권을 준 것이 실수였다.

"엄마, 잡채밥 세 개랑 나는…… 자장면. 근데 엄마 이렇게 시키면 돈 모자라지 않아?"

어머니의 손이 멈추었다.

"괜찮아. 엄마가 알아서 할게. 그나저나 너도 잡채밥 먹지?"

"아니야, 됐어. 나는 잡채 싫어."

좋아하는 음식 중 하나가 잡채다. 그렇지만 조금이라도 부담을 덜어주고 싶었다.

자장면이 배달되었는데, 당연히 있어야 할 어머니의 몫은 없었다.

"엄마는?"

"엄마는 안 먹어도 괜찮아."

어머니는 물을 한 모금 길게 마시면서 나에게 말했다.

"엄마는 짐이나 계속 나르고 있을 테니까 너는 어서 먹어."

오늘 아침부터 어머니와 나 둘 다 입에 음식을 대보지 못하였다.

어머니는 같이 먹자는 내 부탁을 끝내 거절하고 짐 정리나 하겠다고 방으로 들어가버렸다.

남의 집 계단에 네 명이 앉아서 식사를 했다. 남의 속사정도 모르고 잘도 먹는 내 앞의 세 사람과는 달리 내 양은 줄지 않고 있었다. 내가 남겨야 어머니가 먹을 것이라는 것을 알기 때문에 나는 위가 최소한의 운동으로 에너지를 공급할 수 있는 양만큼 먹었다. 위가 느리게 소화할 수 있게 거의 씹지 않고 목구멍으로 넘겼다. 오늘따라 자장면은 목구멍을 타고 잘도 미끄러져 내려갔다.

'딱 한 젓가락만 더 먹고 남기자. 딱 한 젓가락만 더 먹고……'

뱃속은 자꾸만 집어넣으라고 유혹했고, 양심은 어머니를 생각해야 된다고 꾸짖었다.

결국 반쯤 먹고 남긴 자장면 그릇을 들고 방 안으로 들어갔다. 어머니는 벽에 등을 기대고 앉아 있었다.

"엄마, 나 다 못 먹겠어. 엄마가 좀 먹어줘라."

"음식을 남기면 쓰니? 복 나가게. 하여튼 시켜주면 돈만 아깝다니까."

어머니의 차가운 한마디는 떨리는 음성을 타고 흘러나왔고, 어머니의 웃는 모습에 나는 뒤를 돌아 밖으로 나왔다.

정면에서 이삿짐 아저씨들과 영기가 물을 마시며 이야기를 나누는 모습을 보고, 나는 그 자리에 멈추어 서서 고개를 위로 올려 눈동자 위를 덮고 있는 놈이 하늘로 올라갈 때까지 가만히 서 있었다.

*

"관석아, 너희 학교 앞에 사람들 찾아올지도 몰라. 만약 오면 놀라지 말고 이모네 집에서 산다고 그래. 이모한테는 내가 말해 둘게."

구석구석에 쌓여 있던 먼지도 채 날아가기 전에 마지막 짐 정리를 하고 있는 내게 어머니가 다가와 말했다. 설마 학교까지 찾아오겠냐며 별일 아니라고 생각하여 대충 고개를 끄덕거리고 흘려버렸다.

지금 내 뒤에는 Y아줌마와 D아줌마가 쫓아오고 있는 중이다. 발걸음은 작은이모 댁을 향하고 있다. 마음은 좀더 빨리 걸으라고 발걸음을 재촉하지만 교차하는 횟수가 잦아질수록 걷는 너비는 좁아진다.

점심시간이 끝나고 오후 수업시간을 5분 정도 남겨두었을 때였다. 나는 중앙 계단이 훤히 보이는 문 옆 제일 앞자리에 앉아 있었다. 친구들과 얘기를 나누고 있었는데, 이야기 화제가 바뀌면서 관심이 현실로 돌아왔다. 다른 화젯거리로 넘어가는 막간의 시간. 무엇인가 뒤에서 섬찟한 느낌이 들면서 등에 있던 땀샘과 핏줄기가 하나로 연결되는 서늘함을 느꼈다. 나는 동물적인 감각으로 고개를 돌렸다.

중앙 현관 계단 앞에서 나를 노려보고 있는 두 여자가 시선을 사로잡았다. 학교에 어울리지 않는 두 아줌마, 자세히 보니 나와 관련된 Y아줌마와 D아줌마였다. 두 아줌마는 내가 자신들을 돌아볼 때까지 나를 노려보고 있었다.

갑자기 가라앉은 심장은 제자리를 찾으면서 요란을 떨었다. 이제는 면역이 됐을 때도 되었는데, 어느 때보다 심장은 쿵쾅거리며 온몸을 흔들었다.

'떨지 말고 침착하자.'

나는 두 눈을 질끈 감고 두 입술을 깨물며 자리에서 일어났
다.

일반적으로 대화를 나눌 수 있는 거리인 세 걸음 앞에서 한
아줌마가 나를 보며 중간중간 사투리 섞인 목소리로 말했다.
그 목소리는 날카롭게 나의 귓속을 찢어댔다.

"니 집에 갔더니 이사 가고 없더라. 그래서 주인한테 물어봐
도 모른다고 발뺌하는 걸 보니 니 엄마가 갈쳐주지 말라 시킨
것 같고, 그래 이렇게 왔대이."

그래도 아는 사이라고 내 딴에는 고개를 꾸벅거리며 다가갔
더니 인사는 안중에도 없었다.

"저, 지금 이모네서 학교 다니는데요."

두 아줌마는 눈빛으로 뭔가를 주고받더니 말했다.

"그럼 끝나고 같이 솜 가자. 학교 성문 앞에서 기나리고 있
으마."

두 사람의 뒷모습을 보고 있으니 어느새 내 뒤로는 우리 반
아이들이 나를 둘러싸고 신기한 눈으로 수군거리며 쳐다보고
있었다.

"선생님, 지금 사람들이 왔다 갔는데요. 그래서 오늘 이모네
집으로 가야 될 것 같아요. 엄마가 사람들 오면 이모네 집에서
산다고 하라셨거든요."

담임 선생님은 나에게 교무실 전화를 쓰라고 가리키셨다.

9번을 누르고 이모 댁에 전화를 했다. 그러나 전화는 계속해서 통화중이었다.

뚜뚜거리는 음을 듣고 있으니 뜨거운 것이 눈 밑을 달구면서 이내 볼을 타고 흘러내렸다. 수화기를 내려놓았다. 담임 선생님은 내 뒤로 오시더니 내 머리를 쓰다듬어주셨다.

"남자가 울면 안 되지. 선생님이 관석이를 좋아하는 이유가 뭔데. 관석이가 항상 웃는 얼굴 때문에 선생님도 기운이 나는데."

선생님께 인사를 드리고 교무실을 나와 수업 중간에 교실에 들어가서 나머지 수업을 받았다.

수업시간은 선생님께서 분필을 들기가 무섭게 끝났다. 영기가 나와서 집에 가자고 불렀다.

"영기야, 오늘 마을버스 타자."

영기는 마을버스를 타는 나를 이상하게 생각했다. 마을버스는 다행히 많은 사람들이 타서 두 아줌마들과 거리를 둘 수 있었다.

나는 들릴 듯 말 듯 속삭이듯이 영기에게 말했다.

"나 지금 이모네 집으로 가야 될 것 같다. 우리 이모한테 전화 좀 해줘. 저기 두 아줌마 보이지? 우리 이모네 전화번호가…… 375……."

"뭐? 관석아 잘 안 들려."

나는 혹시나 우리 얘기를 들었나 곁눈질로 아줌마들을 살

폈다.

"써줄게."

작은이모 댁 전화번호를 영기 귀에다 대고 말하려 하니까 차가 흔들거려서 전해지지를 않았다. 나는 가방에서 종이를 아줌마들 몰래 찢어 전화번호를 적고 영기에게 전해주었다.

두세 번 버스를 갈아타면서 나름대로 떼어내려고 했지만 나를 더욱 지치게 하는 결과를 가져왔다. 산 중턱에 위치한 작은이모 댁 초인종을 눌렀다. 문제는 영기가 작은이모 댁에 전화를 해서 이모가 알고 있느냐이다. 이모가 나를 맞이하는 태도에 따라 성공 여부가 판가름난다.

"관석아, 왔어? 들어와."

작은이모는 나를 맞이하였다. 두 아줌마도 나를 따라왔다. 마루에는 김치를 담그는 중이었는지 소금에 절인 김치가 바구니에 걸쳐 축 쳐져 머리를 드리우고 있었다. 희정이와 준수는 방 안에서 책을 읽고 있었다.

잠시 후 거실에서는 이모와 두 아줌마 사이에 싸움이 벌어졌다.

"왜 저희 집에 와서 이러는 거예요?"

"그러니까 민영이 엄마 있는 곳 말하면 끝나잖아."

"지금 남편 올 시간이에요. 그만 돌아가주세요. 저희 남편 알면 큰일나요."

싸움은 지치도록 계속되었지만 별 진전은 없었고 남편 올 시간이라는 이모의 말에 두 아줌마는 돌아갔다. 완벽한 연극을 위해서 하룻밤 작은이모 댁에서 밤을 새고 다음날 새벽 아침도 먹지 못하고 학교로 향했다.

*

누나가 수능 볼 날이 며칠 안으로 다가왔다. 누나가 집에 오는 시간대가 짧아졌고, 어머니는 이제까지 힘든 일도 있고 해서 누나에게 항상 미안한 감정을 가지고 있었다. 어머니는 누나에게 맛있는 것 좀 해줘야겠다고 모처럼 시장에서 장을 봐 왔다.

고기가 타면서 나는 구수한 냄새가 마늘 써는 소리에 실려 방 안으로 밀려들어오면서 나의 배를 꾹꾹 쑤셔댔다.

누나는 누나 방에서 수능 마무리를 하느라 여념이 없었고, 나는 나대로 누나의 모습을 본받으려고 책상에 앉았지만, 마음은 도마와 칼이 부딪치는 소리가 멎기만을 기다리고 있었다.

오랜만에 평화로운 한때를 맛보는 것 같았다.

쾅 쾅 쾅!

"이해순씨, 계십니까?"

문 두드리는 소리에 세 사람의 움직임은 멈칫했고, 세 개의 심장은 동시에 뜀박질하기 시작했다. 움직임이라고는 프라이 팬에서 나오는 연기뿐이었다.

쾅 쾅 쾅!

"이해순씨!! 경찰서에서 왔습니다."

경찰서에서 왔다는 소리에 어머니는 현관문으로 뛰어가 문을 열어젖혔다. 창 밖에서는 붉은 불빛이 깜박거리며 어둠을 찢어대고 있었다.

"이해순씨 되십니까? 지명수배가 되어 있어서 지금 경찰서로 가주셔야겠습니다. 실례하겠습니다."

"지명수배라니요?"

두 경찰은 바로 앞에 주인이 서 있는데도 아랑곳없이 범죄자의 집을 수색하듯 신발을 신고 들어와서 안방으로 들어갔다. 침대 밑 보를 들춰보고 장롱 문을 열어 옷을 이리저리 파헤치며 무언가를 찾았다. 난데없이 쳐들어와 집안을 뒤지는 두 경찰을 보니 눈앞이 노래지면서 현기증이 났다. 작년 11월 흑석동 집에서 속옷바람으로 쫓겨 나올 때의 장면이 아른거리며 스쳐 지나갔다.

"최용식씨가 남편 되시죠? 어디 계시죠?"

"누가 수배를 내렸죠? 저희 집이 작년에 부도가 나서……."

"자세한 얘기는 서에서 하시죠."

어머니의 감정 어린 호소는 끝도 맺기 전에 경찰의 사무적인 말투에 묻혀버렸다. 경찰들은 집안을 뒤져봐도 아버지가 없다는 확신이 서자 어머니를 끌고 순찰차에 태워 경찰서로 향했다. 순식간에 일어난 일이었다.

공부하다 놀라서 뛰쳐나온 누나는 어머니를 잡으려고 대문 밖까지 맨발로 뛰어나갔다. 나도 누나의 뒤를 따라 쫓아나갔지만, 차는 이미 모습을 감추고 순찰차에 잡혀가는 누군가를 보려고 나온 동네 사람들로 골목은 북적거렸다.

그 구경꾼들 중에 뜻밖에도 Y아줌마가 서 있었다. Y아줌마는 입가에 조소를 띠고 누나와 나를 쳐다보고 있었다. 누나와 나는 맨발인 채 한참을 멍하니 서 있었다. 새까맣게 타버린 고기와 썰다 만 마늘 조각이 부엌에서 뒹굴고 있었다.

*

어머니가 추리닝 바람으로 끌려나간 지 하루가 지났다. 소식을 받은 풍기의 외할머니께서 올라오셨다. 상황은 점점 나쁘게 돌아가는 것이 분명했다.

할머니께서는 음료수를 가지고 경찰서에 갔다 오셨다.

"관석아, 엄마가 너희들은 오지 말라고 하더라. 엄마 괜찮으니까 걱정하지 말고 공부 열심히 하고 있으래. 누나 걱정시키지 말고."

"할매, 엄마 정말 괜찮은 거예요?"

외할머니께서도 모르고 있는 것이 당연하였다. 나는 알면서도 외할머니께 '괜찮을 거야' 라는 말을 듣고 싶어서 계속해서 물었다. 비록 그 말이 외할머니께서 우리를 걱정하지 않게 하려는 뻔한 거짓말이란 것을 알면서도.

학교에 갔다 오니 문 앞에 족발이 놓여 있었다. 누군가가 어머니가 잡혀가는 모습을 보고 누나와 나를 생각해서 갖다 놓은 것 같았다.

'때마침 쌀도 떨어졌고 해서 막막했었는데.'

선의를 베푸는 이름도 모르는 사람에게 마음으로만, 입 속으로만 되뇌면서 감사를 전해야 했다.

누나가 학교에서 돌아오기를 기다리며 족발을 주물럭대고 있었다. 너무나 주물러서 누나가 왔을 때는 굵은 뼈만을 남기고 살들은 전부 뜯겨져 있었다.

누나가 문을 열자마자 한 소리는 "관석아. 엄마 왔어?"였다. 누나는 움직이고 있는 내 손을 보더니 족발이란 것을 알아차렸고 나에게 누가 사줬냐고 물었다.

"지금 우리에게 누가 사줄 것 같아? 아는 사람도 없는데……."

나는 어머니 생각이 났고 앞날에 대한 두려움 때문에 촉촉해진 눈가를 보이지 않으려고 이유 없이 누나에게 짜증을 냈다.

작은이모께서 너희는 아직 애들이고 부모는 혼자여서 감옥

에 들어가는 일은 없을 거라고 위로의 말을 해주셨는데도 응
축되어 있는 불안감은 썩 가시질 않았다.

나는 어머니의 평소 얼굴 모습이 떠오르지 않아 머리를 싸
매고 방바닥에서 뒹굴었다. 16년 동안 매일같이 봐오던 어머
니 얼굴이 그려지지 않았다. 어머니의 얼굴을 억지로 그릴수
록 점점 엉망이 되어갔다.

"관석아, 엄마 왔다."

외할머니께서 어머니의 한쪽 팔을 부축하면서 들어오셨다.
예전의 아름다운 어머니의 모습은 찾아볼 수가 없었다. 얼굴
은 반쪽이 되어서 광대뼈가 드러났고, 두 눈알을 덮고 있는 눈
꺼풀이 퉁퉁 부어서 검은 눈동자의 흔적을 겨우 찾아볼 수 있
었다.

어머니는 누나와 나를 보더니 와락 껴안았다. 더 이상 눈물
이 나오지 않을 것 같은 어머니의 눈에서 눈물이 흘러내렸다.
어머니의 팔은 미세한 경련으로 떨리고 있었다.

"엄마, 누가 고소했어?"

"경찰서에 가보니까 Y엄마가 했더라."

어머니는 마음을 가라앉히고는 우리에게 조사받았던 일들
을 이야기해주었다.

"근데 왜 지명수배가 되어 있었어?"

"Y엄마가 한 달 전만 해도 딸 데리고 우리 집에 와서 난리
쳤었지? 관석이랑 민영이도 기억하지? 그런데 고소는 구 개

월 전에 해놓고 구 개월 동안 찾아오면서 아무 말도 안 했던 거야. 고소가 되면 육 개월 이내에 가야 되거든. 그런데 당사자가 가르쳐주지 않는데 어떻게 알겠니?"

"그럼 그 동안 고소를 해놓고서 모른 척하고 있었던 거야?"

"응, 그렇지만 우리가 돈을 빌려쓰고 잘못했잖니? 엄마가 형사가 보는 앞에서 Y엄마를 붙잡고 울면서 사정했어. Y엄마도 민영이 또래만한 자식 있으니까 제발 봐달라고. 곧 있으면 민영이 수능 있으니까 그때까지만이라도. Y엄마 발목을 붙잡고 간절히 빌었어."

어머니의 말꼬리가 흐려지더니 방 안은 적막감으로 휩싸이기 시작했다. 외할머니와 누나, 그리고 나는 어머니의 다음 말이 이어질 때까지 조용히 있었다.

어머니는 자신의 복잡한 감정을 어떤 단어로 풀어나갈지 막막해했다.

"엄마, 그럼 이제 괜찮은 거야?"

"응, 검사가 무혐의라고 집으로 가래."

어머니는 마지막 말을 맺더니 내일 돈을 벌러 나가기 위해 무거운 몸을 일으켜 옷을 챙기기 시작했다.

*

국가행사 중 하나인 대학수학능력시험이 하루 앞으로 다가왔다.

한 달 전 누나가 내게 부탁했다.

"관석아! 나 수능 때까지만 도와줘라. 텔레비전 보는 시간도 줄여주고 심부름도 해주고, 빚쟁이들 찾아오면 막아주고. 너도 수능 볼 날이 틀림없이 오니까, 그때는 내가 도와줄게."

평소에 장난스러운 모습만 보다가 무겁도록 진지한 누나의 얼굴을 본 나는 알겠다고 새끼손가락을 걸고 약속했다.

누나와의 약속 중 하나인 과자 심부름을 하기 위해 편의점에 갔다 오는 길이었다.

우리 집 대문 앞에 네다섯 명의 아줌마들이 모여서 수군거리고 있었다. 멀리서 보는 순간 어머니를 찾아온 빚쟁이들이란 걸 직감적으로 느꼈다.

지나치고 싶지만 피해갈 수 없는 길이 눈앞에 놓여 있었다.

'그냥 들어갈까? ……동네 한 바퀴 돌다 올까?'

갈등이 일었다.

'아냐, 가야 돼. 가야지. 나라도 엄마 곁에 있어야지.'

과자봉지를 오른손에 꼭 쥐고 가능한 한 눈길을 주지 않고 걸었다. 손에 배어 있는 땀 때문에 비닐이 자꾸 떨어지려 했다. 대문까지의 거리가 이렇게도 멀었던가? 한 걸음 내디딜

때마다 발바닥이 땅에 닿는 느낌은 가슴으로 전해져 왔다.

"어이구, 마침 잘난 집 아들 오네. 쟤 따라 들어갑시다."

며칠 전에 어머니를 유치장에 집어넣었던 Y아줌마, 학교에 같이 찾아왔던 D아줌마, C아줌마…… 모두가 정기적으로 찾아오는 낯익은 얼굴들이었다. Y아줌마를 선두로 다섯 아줌마가 내 뒤를 따라 들어왔다. 계단을 올라갈 때 누나와 수능이란 단어가 겹쳐서 머리를 스쳐 지나갔다. 누나는 19년을 내일을 위해 준비해 왔다. 내일이 시험이었기 때문에 이 아줌마들이 집 안에 발을 들여놓는다면 상황은 어떻게 될지 모른다.

"아줌마! 고소했으면서 집에는 왜 들어와요? 고소하면 못 찾아오는 거 아니에요?"

난간을 붙잡고 Y아줌마를 막았다. Y아줌마는 "애들은 어른 일에 상관하는 거 아니야"라며 화를 내었고, 뒤이어 온 아줌마들도 "애들은 끼어들지 마"라면서 한마디씩 거들었다.

몇 달 전 Y아줌마가 딸을 데리고 찾아온 사실이 목구멍으로 튀어올라왔지만 꾹 삼켰다.

한 아줌마가 난간을 붙잡은 내 팔을 힘껏 내리치며 "비켜!"라고 소리쳤다. 엉겁결에 당한 기습에 난간에서 손을 놓고 말았다. 그 사이 아줌마들은 우르르 현관 안으로 밀치고 들어갔다.

방 안에 앉아 있던 어머니는 아줌마들의 모습에 놀랐지만, 누나 방으로 들어가서는 누나에게 나오지 말라며 괜찮다고 누나를 안심시켰다.

"Y엄마, 내일이 애 시험인데 이러면 돼?"

"안 되는 이유가 뭐가 있어? 네 자식만 잘되라는 법 있냐? 우리, 네 딸 잠 못 자게 새벽까지 있다 갈 거다, 왜?"

각오를 하고 온 눈빛에는 살기가 어렸다.

'저 아줌마들도 나 같은 자식이 있지 않았나?'

다섯 아줌마의 공격이 쏟아졌다.

"그럼 돈을 갚으면 될 거 아니야? 이년아."

"어디에 감춰놓고 있다는 거 다 알아."

"빨리 가지고 오지 않으면 매일 찾아올 거야."

손이 머리를 향해 움직이지 않는 것이 신기했다.

어머니는 방 안으로 들어가서 경찰서에 신고했다.

신고를 한 지 2분도 지나지 않아서 도착한 정의로운 경찰관들. 반가운 얼굴이 문을 열고 들어왔다. 지난번 어머니를 잡으러 왔었던 경찰이란 것을 한눈에 알아챌 수 있었다.

어머니가 물었다.

"이 아줌마들이 고소를 해놓고서 이렇게 집으로 막 들어왔는데 어떻게 해야 하나요?"

경찰은 D아줌마를 보더니 물었다.

"정말 고소를 하셨습니까?"

"그래, 했어요. 그렇지만 내 돈 받으러 온 게 잘못됐나요?"

Y아줌마 일동은 이번에는 경찰에게 화살표를 돌려 짜증을 냈다.

"고소를 하셨으면 이러실 수 없습니다. 아주머니께서 법에 맡기신 거 아닙니까? 그리고 이 경우에는 주거침입죄가 됩니다. 파출소로 갑시다."

다섯 아줌마와 어머니는 순찰차 두 대에 실려 파출소로 갔다.

이제는 순찰차도 자주 들락거려서 흥미가 없어졌는지 동네 사람들의 모습은 눈에 띄지 않았다.

파출소에서 아줌마들은 서로 잘못을 미루느라 바빴다. 아줌마들은 두 손을 싹싹 빌며 어머니에게 부탁했다.

"민영이 엄마, 한 번만 봐줘. 우리 서로 친했던 사이잖아. 난 오기 싫었는데 Y엄마가 다 같이 와야 돈을 내놓는다고 꼬셔서 온 거야. 다시는 안 올게."

오늘만큼은 어머니를 바보라 부르고 싶었다. 어머니는 그렇게 당했으면서도 마음이 약해졌는지 고소하실 거냐는 경찰의 물음에 고개를 저었다.

시계는 새벽 2시를 넘어가고 있었다. 누나와 나는 어머니 걱정에 잠을 이루지 못하고 식탁에 앉아 어머니를 기다리고 있었다. 아줌마들의 작전은 성공한 듯하였다.

*

수능시험 날이었다.

19년 동안 공부한 것을 하루 동안에 쏟아붓는 날이었다. 매년 그랬듯이 날씨는 매섭게 추웠다. 아침에 일어나보니 어머니는 누나와 함께 시험장에 가고 집에는 아무도 없었다. 식탁에는 아침상이 차려져 있었다.

어젯밤에도 빚쟁이들이 찾아와서 집안을 들쑤셔놓고 갔다. 하지만 언제나 그랬듯이 누나는 시험을 잘 보았다. 작게는 학교 시험에서 크게는 이화외고 배치고사까지…… 이번에도 잘하리라 생각하면서도 마음은 편치가 않았다. 새벽 3시에야 잠든 누나의 모습이 마음에 걸렸다.

하루 종일 틀어놓은 텔레비전 뉴스에서 오늘 수능 난이도에 대한 보도를 하고 있을 때, 저녁 먹으러 나오라고 어머니에게서 전화가 왔다. 분식집에 나가보니 누나와 어머니가 앉아 있었다. 누나의 눈에는 눈물이 그렁그렁 맺혀 있었다. 어머니는 시험 애기를 꺼내지 않고 누나에게 수고했다는 위로의 말만 했다. 공기조차 서먹하게 만드는 분위기는 누나의 시험을 짐작할 수 있었다.

"관석아, 오늘 시험 보러 가려니까 문 앞에 사채업자들이 나와 있더라. 누나와 엄마는 사채업자들 차에 타고 시험장에 가야 했어."

검은 양복의 남자들이 누나의 시험장까지 쫓아갔던 것이다. 상식으로는 설명할 수 없는 일이었다. 설마 시험날 딸 데리고 도망이라도 칠까 봐 새벽부터 지키고 있었던 것일까? 아니면 우리는 매일 그들에게서 감시당하고 살아왔던 것일까? 한편으로는 아무런 힘도 없이 이만 갈고 앉아 있는 나 자신이 한심스러웠다.

누나에게 끝까지 시험에 대해 물어보지를 못했다. 반나절을 그 질문 하나만을 생각하며 기다려왔는데도.

검은 양복의 남자들에게 쫓기면서 그 심리적 압박감을 극복하고 시험에 임한 우리 누나. 하나의 흐트러짐도 없는 모습, 꼼꼼한 계획. 누나는 언제나 존경의 대상이었다.

1999 태풍이 휩쓸고 지나간 후

태풍이 휩쓸고 지나갔다.

힘들게 세운 뼈대를 보호하려고 덮은 비닐은 거센 바람에 못 이겨 도망갔다.

이윽고 뼈대는 무너져내렸다. 잘 닦아놓은 지면 위에

나의 희망이 쏟아져내렸다.

나는 옆에서 보고 있으면서도 손을 쓸 수가 없었다.

포기라는 단어가 맴돌았다.

땅바닥에 누워 흘러내리는 빗물을 맞으며 눈을 감았다.

몇 년 전 중학교 1학년 여름방학, 방학이라는 무료함은 방 안에서 뒹굴면서 이것저것을 생각하기에 충분했다. 매일 집에서, 빌려온 만화를 보는 것이 늘 지속되는 방학 생활이었다.

빌려왔던 만화책도 다 읽고 나서 거실에 벌러덩 누워 감동에 물들어 있었다. 만화책이라는 조그만 종이들 안에 들어 있는 세상이 내게는 신비스러웠다.

'만화책은 어떻게 해서 지금 내 손 안에 직접 들어오게 됐을까? 그래, 내가 직접 만화가게를 해보자.'

좋아하는 만화를 이용하여 무언가 해보고 싶다는 발상이 만화대여점이라는 엉뚱한 대답을 가져왔다.

문구점에서 도화지를 사와서 전체적인 사업 구상을 그려보았다. 일명 최관석 프로젝트 하나. 이때부터 나의 프로젝트는 시작되었다.

열네 살의 내가 짰던 사업 기획안은 첫째, 만화책의 물량과 신속한 신작 구입, 둘째, 시장조사(반 아이들의 선호도 조사), 셋째, 넉넉한 자본금 마련 등으로 구성되었다.

그러나 위의 세 가지 중 쉬운 것은 한 가지도 없었다. 집에 만화책이 있긴 있었으나 대부분 누나가 보았던 순정만화여서 남학교인 우리 학교와는 거리가 멀었고, 학생인 나에게 장사를 할 만큼 많은 돈도 없었다.

이때 떠오른 생각이 돈을 넉넉히 가진 아이의 후원이었다.

개학이 오기만을 기다리는 가슴은 흥분으로 부풀어올랐다.

개학날, 학교에 가서 민환이에게 다가갔다.

"민환아, 너 만화 좋아하지? 그래서 말인데…… 물론 너는 처음 만화책만 사주면 돼. 나머지는 내가 다 할게. 이익금은 나 60, 너 40으로 나누자."

"좋아, 재미있겠다."

민환이의 거침없는 승낙에 만화대여점은 본격적으로 시작되었다.

학교가 끝나고 민환이와 나는 서점에서 만화책 15권 정도를 사고 헌책방에서는 추리소설 종류를 샀다.

집으로 돌아와서 나머지 구상을 했다.

가격은 학교에서 보면 100원, 집에서 보면 200원, 추리소설은 300원이었다. 집에 빚쟁이가 없는데도 맥박은 빠르게 뛰고 있었다.

만화대여점은 폭발적인 인기를 얻었다. 반 아이들에게 만화를 빌려준다는 이야기를 하자마자 준비된 20권은 동이 나버렸다. 처음 하루 매상은 1만 5천원.

소문은 전교로 퍼졌고 다른 반에서도 책을 빌려달라고 찾아왔다. 그렇지만 만약 책이 다른 반에까지 나돈다면 관리하기가 힘들어지기 때문에 안면이 있는 몇 명을 제외하고는 모두 거절하였다.

민환이와 나는 돈이 모이면 그날 바로 만화책을 샀다. 처음에 작게 시작하였기 때문에 만화책이 너무 없었다. 빌려줄 수 있는 만화책이 수요를 따라가지 못했다. 그렇기 때문에 돈이 모이면 새 책을 사기에 바빴다.

장사를 시작한 지 사흘이 지나자 다른 반 아이들의 요청에 의해 회원제까지 만들어질 정도로 규모가 커졌다. 가입비는 100원씩이었다. 열 권을 빌려 보면 한 권을 공짜로 빌려주는 혜택을 제공하였고, 그 내용과 만화책의 분실을 염려해서 카드를 발급하였다.

새벽 3시까지 눈 한번 못 붙이고 만든 50장의 카드가 부족하였다.

한 달이 지나자 만화책은 50권이 넘었다. 우리 주변에서도 흔히 볼 수 있듯이 우리가 장사가 잘되니까 우리 반에서 똑같은 이름을 내걸고 대여 장사를 한다는 애들이 두 그룹이 늘어났다. 이로써 세 그룹이 경쟁에 돌입하게 되었다.

호황을 누리던 어느 날, 내가 만든 대여카드가 담임 선생님인 류주형 선생님께 들켜버리는 사건이 일어났다. 조회시간에 자신이 빌려 본 횟수를 들여다보던 한 아이가 뒤에 담임 선생님이 계신 줄도 모르고 보고 있다가 빼앗겼다. 카드를 보시던 담임 선생님께서 반 아이들에게 물었다.

"이거 만든 사람이 누구니?"

나는 손을 들었고 담임 선생님께서는 기다리라며 학생부로 달려가셨다. 조마조마했다. 일이 이렇게 크게 될지는 몰랐다. 담임 선생님은 6교시가 끝날 때까지 모습을 보이지 않으시다가 종례시간에 내 곁에 다가오시더니 말씀하셨다.

"관석아, 학생부에 물어보니까 학교가 생긴 이래 이런 일은 처음이라며 규율에도 없대. 네가 학생 상대로 이익을 취하지 않고 공짜로 빌려주면 계속해도 된대."

다리가 풀리면서 긴 한숨이 나왔다.

그리고 민환이에게 가서 말했다.

"민환아, 애들한테 회원비 돌려주고 이제 우리 그만 하자. 선생님 말씀도 있었고, 우리 반에서 똑같은 아이템을 쓰는 곳이 두 그룹이 더 있으니 안 하는 게 나을 것 같아. 지금 있는 만화책 반반씩 나누고 좋은 추억으로 삼자."

석 달 간 경험했던 조그만 사업의 첫 발걸음이었다.

　누나의 수능 점수가 발표되었다. 누나의 평생을 쫓아다닐 세 개의 숫자가 작은 쪽지에 적혀 있었다. 380점이라는 높은 점수를 받은 누나는 어머니와 함께 특차를 위해서 고려대학교와 연세대학교를 다녀왔다.

　두 군데의 캠퍼스를 살펴보고 돌아온 누나의 선택은 연세대 법학과로 기울었다. 학교에서는 나보다 걱정하셨던 분이 이미애 선생님이셨다. 담임 선생님께서는 아침에 학교에 도착하자마자 누나가 몇 점을 받았느냐는 질문을 하셨다.

　누나가 잘되게 해달라고 빌었다. 신앙심이 시들어버린 내가 누구에게 빌었는지는 모르겠다.

　수능시험일 밤, 자신의 점수를 채점하고 나서 바닥에 엎드려 통곡하던 누나의 모습. 하루를 위해 달려온 19살의 인생길. 내가 전날에 좀더 필사적으로 막았어야 했다.

　누나는 법학과를 선택한 자신의 의지를 나에게 말했다. 누나의 눈에서는 두 개의 작은 불씨가 커지려고 꿈틀거렸다. 나는 누나의 진지한 모습에 웃거나 시선을 피하지 못하고 불타오르는 눈빛 속으로 빨려들어갔다.

　"누나는 잘할 수 있을 거야. 여태까지 잘해 왔잖아."

법학과에 대해 아는 것이 없었기에 수줍은 미소를 지으며 이 말 한마디밖에 해주지 못했다.

*

"죄송합니다. 합격자 명단에 없는 번호입니다. 확인을 위해 다시 한번 번호를 입력해주십시오."

기계적인 여자의 말투가 검은 먹구름을 몰고 와서 누나의 얼굴에 드리웠다. 어머니는 나를 쳐다보며 아무런 말 말라는 듯 두 눈을 감았다 뜨며 고개를 끄덕였다.

"민영아, 괜찮으니까 다시 한번 해보자. 번호는 틀리지 않고 잘 눌렀지?"

조금 전과 음 하나 변동 없는 똑같은 목소리가 또다시 흘러나왔다. 옆에는 작은이모 댁 가족이 앉아 있었다. 작은이모부 내외 얼굴도 어두워졌고, 작은이모는 눈을 아래로 깔고 검지로 방바닥을 긁어댔다.

"엄마, 미안해……."

누나는 방으로 힘없이 걸어가 방문을 걸어 잠갔다. 원서를 내던 전날 나에게 떨어질 것 같다며 위로의 말을 원했다. 그렇지만 마음 한구석에나마 희망은 있었던 것 같았는데.

방 안의 무거운 공기가 식구들의 어깨에 소복이 쌓였다. 모두들 눈은 방바닥을 향해 있었다.

나는 또다시 수능시험 전날이 떠올랐고 나 자신을 자책하고 있었다.

'누나, 미안해. 누나, 정말 미안해. 누나, 미안해.'

나는 마음속으로 외쳤다.

"어머, 애 좀 봐. 민영아, 최민영, 이거 수능 수험표잖아. 연세대에서 받은 번호를 가지고 와야지. 하여튼 애는 알아줘야 한다니까!"

어머니가 얼굴을 반갑게 펴며 큰 소리로 말했다. 어머니는 누나가 전화기 옆에 두고 간 수능 수험표를 들고 우리들을 괴롭힌 것이 너냐며 허탈하게 웃으면서 누나를 불렀다.

구름에 가려졌었던 햇빛이 창문을 향해 한줄기의 빛을 만들어서 내려보냈다.

누나는 연세대 입시 번호를 손에 들고 멋쩍은 웃음을 지으며 머리를 긁적거리더니 다시 수화기를 손에 잡았다.

벨이 울렸다.

"축하합니다. 합격되셨습니다. 당신의 합격을 진심으로 축하드립니다. 앞으로……"

전화기 안에서 감정 없이 소리만 지르던 여자도 이번에는 신이 났는지 팡파르를 울리며 노래를 부르더니 뭐라고 중얼거리기까지 했지만, 누나가 수화기를 방바닥에 떨어뜨리는 바람에 듣지를 못했다.

누나는 훌쩍거리더니 이윽고 머리를 무릎 위로 기대고 울기 시작했다. ‘합격’이라는 한마디를 위해 마음고생을 해왔고 그 한마디를 위해 비록 장애가 많았어도 한길을 걸어왔다.

떨어진 전화기에서는 아직도 음악이 울리고 있었다.

기쁜 소식에 춤을 출 것 같던 분위기는 누나의 울음으로 침묵을 이어갔다. 준수와 희정이가 누나에게 다가오더니 발목을 잡고는 물었다.

“민영이 언니, 왜 울어?”

희정이의 말이 촉진제가 되었는지 누나의 눈물은 더욱 굵어졌다.

누나가 우는 모습을 보고 있던 준수와 희정이의 얼굴은 찡그려졌다.

이모부는 일어나시더니 잘했다며 누나의 머리를 토닥거리시고는 말씀하셨다.

“저, 이 앞에 있는 패밀리 레스토랑에 저녁이나 하러 가죠. 민영이 합격 기념으로 제가 사겠습니다.”

“그래, 언니, 그러자. 민영이와 관석이도 괜찮지?”

우리는 길 건너 패밀리 레스토랑에 가서 음식을 시켜 먹고, 누나의 생일이라고 속여 기념사진을 찍었다.

누나가 닦아온 길만큼 앞으로의 길도, 자신이 믿어왔던 신념으로 떳떳하게 걸어 나갔으면 한다.

*

　"학교를 배경으로 찍죠. 민영아! 할아버지 좀 모시고 와. 사진 찍는다고 말씀드리고 빨리 모시고 와. 민영이 아빠, 이 꽃다발 좀 들고 있어. 관석아, 너는 삼촌 모시고 오고."

　"응."

　"관석아, 다시 와봐. 머리 헝클어졌잖아. 빗이 어디 있지? 마지막인데 예쁘게 하고 찍어야지. 어? 할아버지 오시네. 아버님, 이리 오세요. 여기예요. 여기서 찍으려구요."

　"어이구, 우리 관석이 오늘 멋 좀 부렸네. 할애비가 용돈 좀 주마."

　"엄마, 삼촌 온다. 민희도 있네. 민희야, 여기야."

　"도련님, 우선 저희 가족 먼저 찍을게요. 관석이가 중앙에 누나와 같이 서고 아버님은 민영이 뒤에 서세요. 민영이 아빠는 관석이 뒤에 서. 민영이 아빠, 민영이 아빠, 실밥 풀어졌어."

　"자, 이제 찍습니다. 거기 뒤에 사진 찍게 비켜주세요. 모두 웃어주세요."

　"관석아, 예쁘게 웃어."

　"헤헤, 누나도."

　팡!

"관석아, 오늘 졸업식이잖아. 빨리 일어나야지. 빨리 세수하
고 나와. 애는 졸업식인데 긴장도 안 되나 봐. "

3년이란 세월이 흐르고 졸업식이 또다시 찾아왔다. 해가 뜨
기 전부터 일어나서 어머니가 설거지하는 소리까지 전부 듣고
있었다. 오늘만큼은 나쁜 소년이 되고 싶었다. 이불을 머리끝
까지 덮고 누워 있었다.

매년 우리 학교 졸업식은 중앙대학교 강당에서 치러졌다.
3년 동안 한번도 제대로 이루어지지 않은 예행연습을 하기 위
해 아침 일찍 운동장에 모인 우리들은 궁싯거리며 자신의 반
을 찾아가고 있었다.

몇 달 전부터 어머니와 누나에게 내 졸업식에는 안 와도 된
다고 귀에 못이 박히도록 충고했었다.

"엄마, 나 졸업식 날 혼자 있어도 괜찮으니까 오지 마. 나말
고도 그런 애들 많으니까 걱정 안 해도 돼."

"가고 싶어도 못 간다."

"그래, 안 와도 돼. 오지 마. 알았지?"

오늘 아침에도 짜증 어린 말투로 어머니를 대했다.

어느 누구도 오지 않을 거라고, 중앙대학교로 향하는 동안
첫눈이 내려 지붕을 덮기 전부터 굳게 다져온 마음이 흐트러
지지 않게 되새김질하였다.

중앙대 정문을 지나니, 내 초등학교 졸업식이 지나고 얼마

있어 누나 중학교 졸업식 때 할아버지·아버지·작은이모·작은외삼촌 등 모두 모여 사진을 찍었던 배경들이 하나의 변화도 없이 예전 모습을 그대로 간직한 채 눈에 들어왔다.

사뭇 옛 추억에 묻혀버릴 수도 있었지만 속에서 갈아온 칼날 덕에 헛된 몽상은 일찍이 깨뜨릴 수 있었다.

강당 입구에는 졸업식을 보러 온 다른 아이들의 가족과 친척들이 줄을 지어서 이쪽을 바라보며 사진을 찍고 손을 흔들며 축하해주고 있었다.

혹시나 나를 보러 온 사람이 있을까? 나는 사람들의 얼굴을 두리번거리며, "어디 있지?" 옆에 서 있는 애들이 들으라고 큰 소리로 말했다.

칼날은 무디어졌다. 물과 열의 끊임없는 접촉으로 칼끝은 제 기능을 잃어버렸다.

"관석아, 엄마가 가지 못해서 미안하구나. 이걸로 친구들이랑 뭐라도 사 먹어."

왼쪽 주머니에서는 어머니가 오늘 아침에 넣어준 5천원짜리 지폐 한 장이 꼬깃꼬깃하게 접혀져 있었다. 애당초 가족들이 안 온다는 친구들이 있다는 것은 양심 어린 거짓말이었다.

"이상으로 중대 부속중학교 졸업식을 마치겠습니다."

졸업식이 끝날 때까지 공허한 마음이 지속되었다. 식이 진행되는 동안 내내 옆에 서 있던 학부모들을 쳐다보며 움직였던 목 부위만 욱신거렸다.

 삼삼오오 가족끼리 짝을 지어 양손에는 꽃다발을 한아름 안고 히죽거리며 나무 밑둥을 배경 삼아 사진 찍으며 깐죽거리는 아이들을 지나치고 지나쳐서 정문 앞까지 도착했다.

 '몇 시간 후에 들어가야 어머니가 눈치채지 못할까? 걸어서 갈까?'

 정문 앞에 서서 고민하고 있는데, 건너편에서 졸업식에도 떳떳하게 참석할 자격이 주어지지 못해 밖에서나마 나를 기다리고 있었던 누나와 작은이모가 나를 보더니 한 손에 꽃다발을 흔들며 웃고 있었다.

*

 누나는 연세대 법대에 합격했는데도 등록금이 없었다. 어머니는 누나를 위해서 삼성캐피탈에서 등록금을 대출받았다. 아직까지 어머니의 신용이 좋았기 때문에 대출을 받을 수 있었다.

 삼성캐피탈에서 누나가 정말로 연대생인지 확인하러 집에 왔다 갔다. 그들의 모습은 우리 집에 매일 찾아오는 검은 양복의 남자들과 이렇다 할 차이는 없어 보였다.

 누나의 등록금이 해결되는 날에도 나는 때가 타서 구겨진

나의 등록금과 입학금 고지서를 어머니 앞에 내밀 수 없었다.

　3월 1일. 조국의 광복을 위해 80년 전 유관순 누나가 독립만세를 외쳤다는 그날. 내일이 고등학교 1학년이 되는 날이지만 나에게는 해당 사항이 없어 보였다. 어쩌면 내일이 오더라도 학교에 가지 못할 수도 있었다. 이미 반쯤은 포기 상태에 있었다. 학생이라는 것을 알려주는 교복이 없었다.
　봄방학 동안 집에 혼자 있는 시간이 많은 만큼 생각을 많이 하였다.
　'그냥 고등학교를 가지 말까? 검정고시도 있잖아. 이번에 등록금도 겨우 마련했는데…… 차라리 중학교 졸업을 기점으로 친구들 머리에서 잊혀지는 것이 더 편할지 몰라. 중학교 졸업장을 받은 것만으로도 감사해야지. 과분해.'
　어머니는 휴일이라 모처럼 방 안에 누워 자고 있었다.
　"엄마…… 엄마…… 자?"
　"아니, 왜?"
　"저기 나 있지…….″
　지금 내가 이 말을 토해낸다면 다시는 주워담을 수 없다는 생각에 주춤했다.
　'그래, 내가 결심한 거다. 후회하거나 울지 않을 거야.'
　"엄마, 나 그냥 고등학교 안 들어갈게."
　어머니는 내 말을 듣는 순간 이불을 걷어내고 벌떡 일어나

내 앞으로 다가와 앉았다. '딱' 무언가 번쩍거리며 머리를 내리쳤고, 뇌에서는 갑작스러운 충격에 눈과의 신경이 끊어져버렸다. 사물의 형체를 확인할 수 있게 된 몇 분 후 감정을 억누른 어머니의 말이 들려왔다.

"너…… 너…… 지금 그게 무…… 슨 말이야? 내가 지금까지 너희를 무엇 때문에 키워왔다고 생각해? 힘들게 너희만을 보면서 살아온 엄마한테 그게 할 소리야? 그렇게 가기…….”

어머니의 말소리가 끊기는가 싶어 고개를 들어보니 어머니의 눈에서 눈물이 떨어지고 있었다.

"그…… 렇게 가기 싫으면 가지 마! 엄마도 편하고 좋으니까!”

찌푸려져 있을 것 같던 어머니의 얼굴에는 표정이 나타나 있지 않았다. 어머니는 무언가를 생각하는 듯 눈동자를 오른쪽 위로 돌리더니 이부자리로 돌아가 나에게 등을 돌린 채 벽쪽으로 누웠다.

어머니의 등을 보면서 말했다.

"엄마, 나 열심히 공부해서 대학 갈게. 응? 나 잘할 수 있어.”

나에게 등을 돌리고 벽만을 바라보며 누워 있는 어머니의 배 부분이 들썩거리면서 훌쩍거리는 소리가 들려왔다. 어머니는 이불을 머리끝까지 덮었다.

어머니에게 다가가 옆에 누웠다. 나는 어머니의 등뒤로 다가가 매일 부어 있는 어머니의 어깻죽지를 바라보며 말했다.

"엄마, 미안해. 그렇지만 나 잘할게. 나까지 엄마에게 부담이 되기 싫어서 이런 결정을 내린 거야. 단순히 충동적으로 말한 것은 절대 아니야. 나도 많이 생각했어. 울지 마. 오히려 엄마가 화를 내주어서 고마워."

어머니가 내리쳤던 머리 부분이 쓰라려왔다. 머리카락 사이사이로 핏줄들이 움직이며 만가지 생각들을 불러일으켰다.

"엄마, 울지 마. 나까지 울고 싶잖아. 등록금 도로 받아서 누나 대학교 들어가 입을 옷이나 사주고 고기나 먹자."

어머니는 아무 말 없이 자리에서 일어나 옷을 주섬주섬 챙겨 입고는 밖으로 나갔다.

'휴. 내 마음을 이해 못하는가 보다. 어떡하지?'

저녁 8시경, 어머니에게서 전화가 왔다.

"관석아, 지금 교복가게 문 닫을 시간이니까 빨리 나와."

어머니의 전화를 받자마자 뛰어나갔다. 날 수 있으면 하늘을 목표로 날 수 있을 때까지 뛰고 싶었다. 버스를 기다릴 시간의 여유조차 마음은 허락하지 않았다. 땀샘 구멍이 흥분하여 조절기능을 상실한 것도 눈치 못 채고 어머니가 벨소리를 울린 곳을 찾아 뛰었다.

교복점 앞에는 어머니와 사당동 이사 전날 한 번 보았던 S아저씨가 서 있었다.

"안…… 안녕하세요?"

예상치 못한 만남이라 선뜻 인사가 나오지 않았다.

어머니와 S아저씨와 나는 교복점으로 들어갔다.

개학 하루 전이라 몇 개 안 남은 교복들이 듬성듬성 걸려 있었다.

"저, 애한테 맞게 골라주세요."

"어느 학교예요?"

"경문고등학교예요."

점원이 한 손에 교복 윗도리를 들고 나오면서 말했다.

"죄송한데요. 모두 다 팔려서 사이즈가 큰 것밖에 없거든요. 이게 마지막 남은 건데 너무 커 보이네."

"관석아, 한번 입어봐."

교복 윗도리를 입고 거울 앞에 섰다. 교복은 어찌나 큰지 내 앙상한 어깨를 덮고도 두 뼘이나 남았고 밑으로는 허벅지까지 덮었으며, 소매는 길어서 손을 가렸다. 호섭이. 어렸을 때 누나가 나를 보고 놀리며 부르던 별명이 떠올랐다.

조선시대 양반집 규수 같았다.

어머니는 도저히 안 되겠다는 표정으로 이리저리 훑어보았다.

"삼 년 내내 입을 수 있어서 괜찮아, 엄마."

계산은 S아저씨의 지갑에서 나온 하얀 수표 두 장으로 처리되었다.

모두가 다 교복을 샀을 테지만 내일부터 나는 고등학생이라
고 큰 소리로 자랑하고 싶었다.

*

흑석동에 사는 K아줌마 남편에게서 전화가 왔다.

아버지가 버리고 간 차 때문이었다. 이로 인해 어머니에게
돈 문제로 인한 근심이 하나 더 늘어났다.

K아줌마 댁은 우리가 집에서 쫓겨 나왔을 때 찾아갔던 곳이
고, K아줌마는 그때 나에게 대견하다고 말했던 분이다. K아줌
마 남편, K아저씨는 S경찰서 형사이다. 아버지가 떠나기 전
버리고 간 차 문제를 그 아저씨에게 맡겨놓았고, 그 아저씨는
아버지에게 연락이 되질 않자 세금을 자신의 돈 2백만원으로
해결하였다.

아버지에게 연락이 없자 2백만원의 빚은 어머니에게 씌워졌
다. 아는 사람 상대하기가 더 힘들다며 어머니는 다른 빚보다
이 문제에 더 신경썼지만 문제는 돈이었다.

학교가 끝나고 텅 빈 집으로 오면 혹시나 하는 생각에 자동
응답기를 눌러보았다.

사흘 전부터 K아저씨가 남긴 메시지가 들어 있었고, 내용은
욕으로 시작해서 욕으로 끝났다.

‘야! 이 개 같은 년아. 니 서방이 놔두고 간 차 때문에 내 돈이 나갔잖아. 빨리 안 갚을래. XXXXXXX야.’

들어보지도 못한 욕과 욕을 합성하여 만든 단어들이 제한시간 30초 동안 줄줄 계속되었다. 그러한 욕을 한 글자도 놓치지 않고 들려주는 전화기가 대단하다고 생각했다.

우리 사정을 누구보다도 잘 아는 사람이다. 아버지가 있을 때만 해도 자신의 집에서 고기를 구워 먹자며 고개를 꾸벅거리던 사람이었다. 지금 내 손에는 그 아저씨에게서 받은 S경찰서라고 써 있는 형광펜이 쥐어져 있다. 지우개에서부터 공책에 이르기까지 K아저씨에게서 받았다.

물론 대한민국 형사가 모두 그런 것은 아니겠지만, 아버지가 L경찰서에 잡혔을 때 널름거리던 손을 본 날부터 형사란 이미지가 좋게 느껴지지는 않았다.

K아저씨가 하루는 “이틀 안에 갚지 않으면 네 자식새끼들과 함께 사기죄로 감방에 처넣어버릴 줄 알아”라고 말하기도 했다.

흔히 사채업자들이 무섭다고 하지만 돈이 관련되면 가장 잔인한 사람은 형사였다. 내가 만나왔던 수십 명의 사채업자들도 그렇게까지 무서운 협박은 하지 않았다.

많은 사채업자들을 상대하였던 어머니는 날이 갈수록 심해지는 K아저씨의 욕설과 협박에 신경성 위염과 만성피로가 겹쳐 앓기 시작했다. 의료보험이 안 되는 우리는 어머니를 병원 입구에도 데리고 가지 못하고, 1997년이라고 써 있는 의료보험증 좌측 하단을 보며 쓰디쓴 한숨을 토해내야 했다.

결국 어머니는 검은 양복의 남자들을 불렀고, 그 즉시 돈을 들고 찾아온 그들이 내민 두 장의 종이에 어머니는 자신의 생명이 걸린 도장을 찍어주었다.

*

어머니가 이른 새벽부터 나를 흔들어 깨웠다.

"관석아, 관석아! 일어나봐. 오늘부터 엄마 도시락 장사 해볼 거야. 이곳 지리상 사무실도 많아서 괜찮을 것 같아."

속으로 고민해오던 참에 돌아가신 외할아버지께서 꿈에 나타나 해보라고 하셨다며 어머니는 흥분을 못 누르고 나에게 설명하였다.

"으…… 응. 엄마, 알았어. 그나저나 지금 몇 시야?"

"다섯시."

"아직 학교 갈 시간도 멀었네. 두 시간 후에 깨워줘."

어머니는 하고 싶은 말이 많은지 처음 계획하게 된 계기부터 외할아버지가 꿈속에 나온 이야기까지 자고 있는 내 얼굴을 보며 설명하였다.

두 시간이란 짧은 시간이었다. 어머니 주최, 참석자 누나와 나로 가족회의가 열렸다.

"민영아, 집에서 밥과 반찬을 만들어서 나르면 충분할 것 같아. 이 주변에는 회사가 많지만 그 사람들이 먹을 만한 적당한 곳이 없잖아? 이미 보험회사에 허락도 받아놓았어. 우리 집이 도로 옆에 붙어 있는 것도 한몫 하고 있어."

"엄마, 잘할 수 있어? 우리 돈이 하나도 없잖아. 가격은 얼마로 할 건데?"

누나는 어머니가 걱정되는 듯 여러 가지 질문들을 했다.

또 다른 검은 양복의 남자들이 왔다가면서 다음날, 누나 방에는 일회용 도시락이 가득 쌓여 있었다.

어머니는 반찬을 구상하느라 썼다 지웠다 썼다 지웠다 씨름하였다. 항상 어머니의 의욕은 누나와 나에게 시너지 효과를 일으켰다.

"관석아, 너무 잘될 것 같아."

배달된 지 얼마 되지 않아 아직 열이 남아 있는 도시락 용기들을 만지작거리며 어머니는 말했다.

어머니가 도시락 장사를 하기에는 제약이 많았다. 우선 어머니에게는 자본금이 없었고 시기적으로 일회용품 사용 금지법이 시행되기 시작한 때였다. 어디를 가나 '일회용품 금지'라는 푯말이 걸려 신경이 곤두섰다.

156

*

내일 도시락 200개의 주문이 있어 토요일 늦게까지 일하는 아줌마들이 남아 있었다. 우리 집 맞은편에 있는 신학원에서 야유회라고 어머니의 도시락을 주문하였다. 어머니는 다행히 단속에 걸리지 않았다. 동사무소에서 단속반원이 찾아왔었지만 좁은 거실에서 어머니처럼 하는 것은 규정에 없었다.

도시락 용기들은 티끌이 내려앉을 시간도 없이 자리를 바꿔 나갔다.

"엄마, 우리 이 상태로만 나가면 빚도 갚고 부자 되겠다. 그지?"

"물론이지. 우리 관석이 컴퓨터도 사주고."

연습장 앞면에 매주 컴퓨터 가격이 변동할 때마다 적어놓은 컴퓨터 가격표를 보았는지 어머니는 틈만 나면 컴퓨터를 사주어야겠다고 말했다.

예전 동네 아줌마들을 대신해서 매일 찾아오던 검은 양복의 남자들의 얼굴도 한 명씩 줄어들고 있었다. 미친 듯이 울어대던 전화도 이제는 정감 어린 목소리들로 가득하였다.

매일 집으로 돌아오는 길에 서점 유리벽 너머로 보던 컴퓨터 잡지도 손으로 만져볼 수 있었다. 가격표를 보기 위해 서점에 들어가서 수십 개의 부품 가격을 외울 때까지 주인의 눈초리를 받아가며 서 있지 않아도 되었다.

일요일마다 손으로 빨고 얼굴을 숙이고 쭉쭉 짜며 널던 빨래도 기계가 그 자리를 차지하였다. 잉크가 덜 말라 향긋한 조간신문도 집으로 날아왔다. 길거리에 떨어져 있는 신문을 보려고 길 한가운데서 무릎을 구부리지 않아도 되었다.

어머니, 누나, 나의 이름 앞으로 생명이라는 고귀한 목적 아래 보험도 들 수 있었다. 비록 가게도 없이 집에서 일을 하지만 어머니는 종업원을 둘이나 거느린 사장님이 되어 있었다.

*

뒤에서 사람들이 나를 힐끔힐끔 쳐다보고 있다. 모든 컴퓨터들이 게임화면으로 일치되어 있지만, 내가 앉아 있는 컴퓨터는 하얀 바탕 위에 검은 글자들이 몇 개 있을 뿐이었다.

나는 컴퓨터 화면에 얼굴을 최대한 밀착시키고 예전에 쓰던 기억을 되살리며 한 글자씩 써내려갔다. 그러나 새로 나온 프로그램이라 정신이 없었다.

"매……일……바……꿔……는……오……가……지……ㄷ…… ㄷ…… 여기 있다."

익숙지 않은 자판 위에서 두 개의 손가락이 바쁘게 움직이는 데 비해 화면의 글자들은 좀처럼 늘어나지를 않았다.

"가……격……은…… 이…… 공…… 공…… 공……
전……화……."

마지막 오른쪽 하단에 장식할 도시락 모양의 그림만 인터넷
에서 찾으면 한 시간의 작업은 끝이 난다.

그러나 인터넷 역시 만만치 않은 상대였다. 옆에서 어느 여
자가 하는 대로 따라했다.

이제 '인쇄'를 누르면 뒤에서 들려오는 웃음소리로부터 벗
어날 수 있다.

딸칵, 딸칵, 딸칵. 마우스 클릭하는 소리가 불연속적으로 들
리자 또다시 사람들의 시선은 나를 향했다. 얼굴이 달아올랐
다. 학교에 가기에도 이른 시각. 사람들의 시선은 다시금 밀려
오는 새벽잠이 달아나게 하기에 충분하였다.

"아저씨, 이거 인쇄 안 되는데요?"

"뭐라고?"

"인쇄가 안 된다고요. 이상한 영어만 나오는데요?"

"자, 보자."

아저씨라 부르기에도 애매한 나이의 주인은 아저씨라는 호
칭이 듣기 싫었는지 얼굴을 찡그렸다가 화면 위에 써져 있는
한 장의 문구를 보고 피식 웃음을 터뜨렸다.

왜 인쇄가 안 되는지보다 어린애가 이런 걸 쓰는 이유를 밝
히고 싶었는지 고장의 원인은 안중에도 없이 내용을 위아래로

훑어보았다.

"어라? 다 지워졌네!"

"네? 뭐라구요?"

"저장은 했니? 안 그러면 다시 써야 될 것 같은데. 미안하다. 대신 돈은 받지 않을게."

주인의 손가락 움직임 한 번으로 나의 모든 기운이 아래로 쏠려 내려가는 것 같았다.

*

6교시 체육시간이었다. 중학교에서 밴 정신 상태를 바꾼다는 명목 아래 체육시간은 고된 기합의 나날이었다. 팔굽혀펴기, 뜀뛰기 등등. 3월 한 달 동안의 힘든 체육시간은 오늘을 마지막으로 끝이 났다.

"오늘부터는 구기운동을 한다."

반 아이들의 환호가 터졌다. 그 환호성 때문에 다시 운동장을 뛰는 기합을 받고 나서야 축구공 하나와 농구공이 여러 개 주어졌다. 작년의 월드컵에서 부실한 축구 성적에도 불구하고 반이 넘는 수가 축구공 하나에 몰려들었다. 물론 그 무리에는 나도 포함되어 있었다.

아침에 비가 내려 땅을 촉촉하게 녹여주어서 축구하기에는 더없이 좋았다.

서로의 얼굴도 낯이 익지 않은 상태에서 패스란 있을 수 없었다. 스스로 뺏고 지키지 않으면 기회란 없었다.

나는 왼쪽에서 공을 몰고 골대를 향해 빠르게 뛰어갔다. 앞에는 수비 한 명이 있었고 거리는 조금씩 가까워졌다.

오른쪽, 왼쪽, 뛰어가는 도중 선택의 갈등이 일어났다. 어느 쪽을 택하느냐에 따라 골이 아니면 역습당하게 된다.

왼발로 공을 움직였다. 그리고 공을 앞으로 살짝 찼다. 공이 빠져나가는 모습이 보였고, '제쳤구나'라는 생각이 드는 순간, 갑자기 몸의 중심이 앞쪽으로 기울더니 지면과의 눈높이가 포물선을 그리면서 낮아졌다. 눈은 빠르게 변하는 풍경을 잡아내지 못해 쩔쩔매고 있었다. 아이들이 옆에 서 있는가 싶었는데 "우둑" 하고 묵직한 소리가 들렸다.

땅에 엎어진 나는 왼쪽 손목의 통증을 느끼고, 잠깐의 고통을 잊으려고 눈을 감고 오른손으로 왼쪽 손목을 감싸고 몸을 구부렸다. 운동을 하다 다쳤을 때 이 상태로 있다 보면 고통이 줄어드는 것을 느낀다. 이번에도 역시 고통이 줄어들기를 기다리며 몸을 움츠리고 눈을 꾸욱 감았다. 참을 수 없는 고통이 밀려왔다.

"야, 관석이, 연기하는 거야. 그냥 하자. 최관석, 빨리 일어나."

반 아이들의 목소리가 뒤에서 들려왔다. 그 말에 욱해서 일어나려고 하였지만, 통증이 가라앉기는 고사하고 살 속으로 점점 깊숙이 파고드는 것이었다.

평소 같으면 멈췄어야 할 시간이 지났다. 뭔가 이상했다. 그리고 아까부터 쥐고 있던 손목이 내 몸이 아닌 것 같았다. 나는 눈을 뜨고 왼쪽 손목을 가만히 들여다보았다.

"으아악!"

"완전 공포영화다!"

내 주위에 모여 있던 우리 팀의 비명이 들려왔고, 그제야 나는 내 손목에 어떤 일이 일어났는지 확인할 수 있었다.

손등과 손바닥의 위치가 바뀌어 있었고, 손목은 하얀 막대기가 튀어나와 있었다. 어린아이가 가지고 놀다가 부러진 인형의 손목을 접착제로 붙이려다가 쉽지 않자 구석에 집어던져 부러진 인형의 손목이 어긋나면서 겨우 붙어 있는 형상 같았다. 손목을 보자 심장이 뛰면서 흥분되기 시작했다. 어렸을 때부터 누누이 들어오던, 사고가 나면 침착해야 한다는 어머니의 말이 떠올랐다. 최대한 이성을 되찾고 지금 내가 할 수 있는 일을 생각했다.

다시 한번 내 상태를 보고 나서 체육 선생님 어디 계시냐고 물었다.

체육 선생님께서 달려오셨다. 체육 선생님께서 내 손목을 잡고 양호실로 향했다. 부러진 것이 아니길 바랐지만 꽤 심각해 보였다. 뼈가 빠진 것인지, 부러진 것인지 알 수 없었다.

담임 선생님을 찾는 방송이 나갔다.

양호 선생님께서는 담임 선생님께서 오시는 동안 나에게 의자에 앉아 있으라고 하시더니 컴퓨터로 작업을 하셨다. 나는 뒤에서 자꾸만 커져가는 아픔 때문에 숨을 헐떡이고 있었다. 온몸을 찢기는 듯한 고통은 땀을 방출하면서 목을 태웠고 수분을 요구했다. 어깨로나마 닦으려고 얼굴을 갖다 대면 뼈는 그때를 놓치지 않고 힘줄을 건드려 손목이 파닥거리며 발작하였다.

양호 선생님의 머리 너머로 보이는 컴퓨터 화면의 글자들이 점차 흐릿해졌다. 눕고 싶었지만 입을 열 수가 없었다. 수업시간을 마치는 종소리가 교내에 울려퍼졌다. 종소리와 함께 반 친구들이 양호실로 몰려왔고, 뒤이어 담임 선생님께서 오셨다. 나는 담임 선생님 차를 타고 병원으로 향했다.

친구 병률이가 교실에서 가방과 교복을 들고 뛰어 내려와서는 자기도 같이 가겠다며 앞자리에 탔다.

차를 타고 병원에 가는 동안 우리 집에 치료비나 있을지 걱정되었다.

병원에 도착하니 모든 사람들이 내 손목을 보고 수군거렸다. 병원에 있는 환자들마저 내 손목을 보더니 얼굴을 찡그렸다. 자신들도 팔에 깁스를 했으면서 남이 부러진 것을 보면 신기한 모양이다. 한창 부어오르는 손목을 잡고 병률이와 의자에 앉아 내 차례를 기다렸다. 병률이는 나를 걱정해서 농담을 몇 마디 건네었다.

담임 선생님께서는 어머니에게 전화를 하고 계셨다. 나는 가방에서 가정환경조사서를 꺼내서 병률이에게 전해주었다.

"병률아, 네가 좀 전해드려라. 내가 시간이 없을 것 같아."

엑스레이 사진을 찍고 '치료실'이라는 푯말을 통과하여 침대에 누웠다. 치료실에 들어서자마자 눈에 들어온 것은 침대 밑에 있던 전기톱이었다.

침대에 누워 내 팔을 만지작거리는 의사 선생님을 향해 물었다.

"많이 아파요?"

의사 선생님은 소름 끼치는 미소를 지으시더니 말했다.

"아마, 금방 끝나지만 지금보다 훨씬 아플 거야. 저기 오신 선생님은 담임 선생님이시니?"

"네……."

의사 선생님과의 질문이 옛 기억을 자아냈다.

초등학교 2학년 때 시험이 끝난 날 새벽. 급성 맹장염으로 수술실에 누웠고, 둥근 원을 형성하고 있는 여러 개의 전등에 징을 치는 듯한 소리와 함께 불이 켜졌다. 간호사 누나가 다가와 팔에 주사를 놓더니 친근하게 질문하였다.

"이름이 뭐야?"

"최관석이요."

"뭐? 최…… 관……?"

"관석, 관석이요."

"아~ 최관석. 학교는 어디 다녀?"

두 번째 질문에 대답하려는데 누군가가 내 뺨을 때리면서 깨웠다.

"최관석 학생, 최관석 학생, 일어나. 계속 자면 안 좋아."

간호사 누나가 이번에는 내 뺨을 때리고 있었다. 눈을 뜨자 다가온 것은 날카로운 칼끝으로 맨살을 찢고 난 후에 울부짖는 살들의 복수로 오는 엄청난 고통이었다. '욱' 소리가 입 안에 맺혔다.

간호사 네 명과 남자 두 명이 치료실 문을 열고 들어오더니 머리 · 목 · 허리 · 양발을 한 명씩 맡아서 붙잡는 것이었다. 나는 상황을 알아차렸다.

그 사이를 놓치지 않고 두 의사는 몸무게를 실어 내 손목을 잡아서 돌렸다. 허리를 누르고 있는 거대한 압력을 위로 퉁겼다. 비명을 지를 여유도 없었다. 의사들은 30초 동안 돌리고 10초 동안 쉬기를 반복했다.

나는 여섯 명의 건장한 사람들에 의해 짓눌려 움직이지도 못했다. 10초 동안 휴식하는 동안 흐르는 눈물에는 감정이 전혀 섞여 있지 않았다. 몸이 울부짖는 것이었다. 몸 안에 녹아 있던 수분들이 두 눈으로 몰려들었다. 흘러나오는 물줄기들은 딱딱한 침대 위로 떨어졌다. 그 눈물들은 뼈를 맞추는 동안 내 몸이 다시 닦았다. 작은 폐가 갈비뼈를 누르며 밖으로 나오려

고 발버둥쳤다. 30초 동안 참고 있던 숨을 10초 안에 쉬어야
했다.

얼마나 지났을까. 의사 선생님은 이마의 땀 한 방울을 닦아
내면서 말했다.

"잠시 쉬었다 다시 합시다."

나는 손목을 임시 붕대로 묶고 치료실 밖으로 나왔다. 손목
이 욱신거리며 저려왔다. 치료실에서 내 모습을 보고 울고 있
던 어머니가 나를 보더니 눈가에 눈물을 닦아냈다. 어머니는
도시락 배달을 하다가 급하게 뛰어오느라 추리닝 차림이었고,
머리는 부스스하였다.

"엄마, 우리 치료비…… 어떡해?"

나는 누가 들을까 봐 들릴 듯 말 듯 속삭였다.

"괜찮으니까 손목이나 제대로 맞추기나 해."

나는 세 겹으로 손목을 감고 있는 붕대가 부담스러웠다.

"최관석 학생, 들어오세요."

간호사 누나가 말했다.

나는 다시 치료실로 들어갔다.

"의사 생활 이십 년 만에 관석이 학생처럼 뼈가 안 맞는 환
자는 처음이네. 손목이 얇으니까 뼈가 튀어나올까 봐 세게 할
수도 없고. 관석이 뼈가 제대로 맞는다면 기념으로 나중에 관
석이한테 소주 한잔 사마."

이마에 주름이 자글자글한 의사 선생님은 심호흡을 하더니

내 손목을 비틀기 시작했다.

으드득…….

부러질 때 들렸던 소리와 똑같은 소리가 들렸다.

"된 것 같은데요."

"한번 찍어봅시다."

의사 선생님은 이동식 엑스레이 사진을 찍고 난 뒤 다른 환자를 보러 갔고, 나는 황금의 쉬는 시간을 맞이하였다.

가슴을 들썩거리며 숨을 쉬고 있었다. 이제는 도저히 못 참겠다고 의식을 잃으며 포기하려 할 때마다 의사 선생님은 손을 놓아주고 쉬게 해주었다.

'그냥 기절하게 해주세요'라고 간절하게 부탁하려 했지만 숨쉬는 것도 버거웠다.

엑스레이 사진을 보고 들어온 의사 선생님은 미안하다는 표정으로 나를 보더니 말했다.

"오늘은 이만하고 내일 또 해야겠는걸."

*

이마에서 한 방울씩 맺혀 나오는 땀들이 흘러내리면서 솜털들을 간질인다. 그 땀들이 등줄기로 모여 골짜기를 만들어 흘러내린다.

앞으로 길게 나온 제비꼬리 같은 머리카락 한 줄기가 내려오면서 눈을 찌른다. 위에서는 태양의 뜨거운 열기가 머리를 달군다. 소금을 뿌리고 그 위에 불을 올려놓은 것처럼 이마가 따갑다.

그러나 오늘만큼은 이것들의 건방진 행동들을 보고 있어야 한다.

지금 나의 오른손에는 도시락 20개가 들려 있다. 도시락의 열기가 손 안에 땀을 만들어 손잡이가 미끄러진다.

깁스를 한 왼팔을 가슴 앞에 두고 중심을 잡으려고 노력하지만 기우뚱거리면서 오른쪽으로 몸이 기운다.

오늘부터 학교 중간고사 기간이어서 한 주 동안 어머니를 도와드리기로 했다. 어머니는 나보다 앞서 보험회사에 도시락을 가지고 갔고, 나는 건축사무소와 미용실, PC방에 가야 한다.

문을 열고 들어가면서 목청껏 외친다.

"여기요. 도시락 왔는데요."

전에 전단지를 돌린 경험이 있어서 부끄럽지는 않았다. 직원이 묻는다.

"어? 오늘은 아주머니가 안 오셨네? 아르바이트 학생이에요?"

"아들인데요."

뒤늦게 직원은 교복 차림이란 것을 알아차린다.

"와! 대단하네. 학교는 어떻게 하고요?"

"중간고사예요."

직원의 칭찬 한마디가 껄끄럽다. 어느 곳이나 가면 빼먹지 않고 묻는 말이고 대답하는 말이다.

해가 서쪽으로 넘어가면서 한쪽으로 기울어진 오른쪽 허리가 욱신거리고 발바닥이 열로 인해 따끔거리지만 쉴 시간은 없다. 두 시간. 두 시간이 지나면 도시락은 쓸모가 없어진다. 빈 가방을 들고 집에 가면 세 명의 아줌마가 도시락 용기에 밥과 반찬을 부산하게 담는다. 아줌마 한 명은 일을 한 지 사흘밖에 되지 않아 담는 솜씨가 영 서툴다.

도시락이 가득 든 가방을 쥐고 일어서느라 힘을 주면 부러진 왼쪽 손목이 따끔거린다. 오른손에 가방을 들고 은행 앞으로 뛰어간다. 하루 종일 닦는다 닦는다 하면서 결국은 닦지 못한 땀들이 생각난다.

'이번에는 꼭 닦아야지.'

횡단보도 앞에 어머니가 서서 나에게 손을 흔든다. 양손에 가방을 두 개씩 들고 있는 어머니와 함께 신학원으로 도시락을 팔러 간다.

"관석아, 오늘 수고했어. 너무 고마워."

어머니의 말은 오후 2시를 가리키고 오늘 일은 끝났다는 것을 의미한다. 은색 통에는 지폐가 수북이 쌓인다. 거기에서 세 아줌마의 일당을 주고, 은행에 가서 검은 양복의 남자들, 흑석동 아줌마들, 누나 등록금을 대출받은 삼성캐피탈로 돈을 부치면 3만원이 남는다.

어머니는 30장의 천원짜리 지폐를 세며 나를 보고 웃는다.

"관석아, 이제 살 수 있겠다. 이제 됐어. 너무 잘되는 것 같아."

생활이 좋아지는 것이 분명하다. 그러나 마음 한구석은 꺼림칙하다. 이 상태가 지속될까? 아니면 가난에 찌들어 돈을 잊어버린 건가? 하루를 마음 편하게 자고 먹는 것이 불안해진다.

*

어머니와 누나가 지하철역에서 서서히 형체를 드러내고 있었다.

자정이 지났다. 내일은 시험 마지막 날이다. 닷새 간의 시간의 흐름을 거역하니 눈에는 졸음이 쏟아졌다.

"야! 빨리 나와. 네가 무지 좋아하는 거 가지고 간다."

기다리는 동안 누나의 전화가 신경이 쓰였다.

"가장 원하는 것은 컴퓨터지만 그건 아닐 테고. 뭘까?"

어머니와 누나의 손을 봤다. 아무것도 들려 있지 않았다.

나는 나를 기다리게 한 것이 무엇이냐며 아무 말 없이 서 있었고, 누나는 내 얼굴에 하얀 솜뭉치를 내밀었다.

“자, 이제부터 네가 책임지고 길러.”

강아지였다. 작고, 귀여운. 어디 하나 제대로 만질 곳이 없는…… 가엾은…….

누나의 손에 밀려 내 손에 들린 강아지는 쉽게 알아차리지 못할 정도지만 분명히 떨고 있었다. 강아지의 목을 잡고 눈높이를 맞추었다. 힘없이 축 늘어진 귀와 잠길 듯하면서도 부릅뜨고 나를 노려보고 있는 총총한 두 눈. 내 얼굴이 일순간 굳어졌다.

‘하마다. 하마가 틀림없다.’

강아지의 떨림이 더욱 강하게 전해졌다. 나는 머뭇거렸다. 고민이 되었다. 어머니와 누나에게 고개를 돌려 말했다.

“하마라고 부르자.”

또 하나의 생명을 책임져야 한다. 자신이 없었다. 그러나 나는 강아지를 품안에 안았다.

밤새도록 울던 강아지의 울음소리는 상도동에서 하마를 보낼 때의 장면이 떠오르게 하면서 내 마음을 찢었다. 나는 얼굴을 베개에 묻고 방 안을 굴러다녔다.

강아지를 데리고 동물병원에 가서 예방접종을 했다. 강아지를 한 손에 안고 흥얼거리며 사료를 샀다. 종이상자를 얻어와 집을 만들었다. 익숙하지 않은 칼솜씨로 손을 베어가며 문을 만들고 어머니에게 꾸중을 들어가며 새 수건을 밑에 깔았다.

마지막으로 길거리에서 2백원 주고 뽑은 삐에로 인형을 넣었
다.

그러나 정작 주인인 강아지는 그 집을 싫어했다. 학교 갔다
돌아와 낮잠을 자고 나서 깨어보면 강아지는 오른쪽 겨드랑이
에 얼굴을 묻고 나와 함께 자고 있었다.

나는 강아지를 종이상자에 갖다 눕히고 다시 들어와 잠이
들었다. 그러면 어느새 강아지는 종이상자에서 기어나와 내
겨드랑이에서 자고 있었다.

나는 강아지 머리 위에 손을 가져가서 쓰다듬으려 하지만
그때마다 무거워지는 손목 때문에 팔을 접었다.

아침부터 강아지가 누런 물똥을 쌌다.

별일 아니라고 여기고 학교에 갔다 와서 여느 때처럼 잠을
잤다. 역시나 강아지는 내 품에 안겨 있었고, 나는 강아지를
집어 종이상자에 넣었다.

그리고 얼마나 흘렀을까! 잠에서 깨어나 무의식중에 오른쪽
겨드랑이를 보았는데, 눈을 뜨면 보이던 하얀 물체가 없었다.

나는 발꿈치로 살짝 걸어가서 종이상자를 들여다보았다.

강아지의 다리가 일자로 펴져 있었고 옆으로 누워 헐떡거리
며 혀를 내리고 하얀 거품을 뱉어내고 있었다. 가슴이 덜컹 내
려앉으면서 심장이 뜀박질하였다.

강아지를 양손에 안고 동물병원으로 뛰어갔다.

"이놈 밥 먹었었니? 저혈압 같은데."

생각해보니 일주일이 지나도 사료의 양에 변함이 없었다.

"입원시켜야겠어."

의사 선생님은 강아지의 다리에 손가락만한 바늘을 집어넣었다. 세게 잡으면 부러질 것만 같은 강아지의 다리에 바늘이 박히는 순간 나는 더 이상 눈뜨고 볼 수 없었다.

"저 가볼게요. 괜찮을까요?"

강아지를 들고 입원실로 들어가던 간호사 누나가 간절한 나의 눈과 마주치자 눈을 아래로 깔았다.

"지금 상태로 봐서는 모르겠어요. 내일 이 시간에 다시 와보세요."

나는 병원을 나왔다. 나 자신을 자책하며 걸어갔다.

동물병원에 갔다.

내 얼굴을 보던 의사 선생님은 당황해하였다. 입원실 문이 열리고 간호사 누나 손에 들려 나에게로 전해진 것은 파란 헝겊으로 싸인 물체였다.

"학생, 미안해."

나는 파란 헝겊에 싸인 강아지를 받아 안았다. 어제 병원에 안고 갔을 때와 똑같은 무게가 느껴졌다.

병원 문을 닫고 나오려는데 소나기가 내렸다. 소나기는 하얀 면티를 푹 적셨다.

파란 헝겊을 만져 강아지의 다리를 찾았다. 나는 믿지 않았다.

"하마야, 어제만 하더라도 내 곁에서 같이 잤잖아."

중얼거리며 하마의 다리를 만지작거렸다. 아직 체온이 남아 있었다. 딱딱하지가 않았다. 나는 하마가 다시 살아날 거라고 믿고 파란 헝겊에 싸여 있는 하마를 가슴에 안았다. 내 온기를 나누어줘야 한다.

파란 헝겊에 눈물이 쏟아졌다. 믿을 수 없었고 믿어지지 않았다. 나는 나를 믿었던 또 하나의 생명을 배신하였다. 가득 쌓여 있는 사료를 바닥에 엎었다.

오른쪽 겨드랑이가 아파왔다.

눈물은 그칠 줄 모르고 흘렀다.

'정을 안 주기를 잘했어. 그때 쓰다듬었더라면 큰일날 뻔했어. 그래, 잘했어. 잘한 거야.'

나는 하루 동안 하마를 안고 잤다. 새벽 내내 혹시나 하마가 깨어날까 봐 파란 헝겊 위에 손을 얹었다.

다음날 나는 하마를 손에 안고 뒷산에 올라갔다. 뒷산에서 가장 큰 소나무를 찾아 손으로 흙을 파헤쳤다. 운동하러 나온 사람들이 나를 쳐다보았다. 손으로 흙을 파다가 돌이 손톱에 걸려 손톱이 갈라져 피가 흘러나왔지만 나는 계속해서 흙을 팠다.

집으로 돌아와 나는 어머니에게 울면서 말했다.

"엄마, 하마가 살아났는데 흙으로 덮여 있어서 다시 죽으면
어떡하지? 어떡해? 지금 다시 갔다 와볼까? 나를 보고 싶어서
흙을 파헤치고 나와서 찾고 있을지도 몰라."

"관석아! 이 밤중에 어디 가려고! 하마는 죽었어. 살았으면
진작에 살았지."

"엄마, 그렇지만 내 눈앞에서 죽었다는 것이 믿어지지가 않
아. 다시 멍멍거리며 내게 뛰어올 것만 같아서 마음을 놓을 수
가 없어. 한 번만 더 확인하고 올게."

"관석아, 하마는 죽었다니까."

"엄마, 아니야. 아니라고 해줘."

손톱 사이로 응고되어 있던 피들이 터져 진물이 흘러나왔
다.

"관석아, 그만 울어. 대신 엄마가 내일 다른 동물 사다 줄
게."

"아니, 절대. 이제 다시는 살아 있는 어떤 것도 가지고 오지
마. 나는 누군가가 나를 떠나거나 죽어가는 것을 더 이상 못
보겠어."

*

학교에서 돌아오는 길이었다. 횡단보도를 건너려고 신호등

밑에 서 있었다. 빵집에서 빵 굽는 냄새가 나의 정신을 빼앗았다. 나는 살랑 바람에 시시각각 변하면서 실려오는 구수한 빵 냄새를 통해 무슨 빵인지, 어렸을 적 먹었던 빵 이름을 생각하며 머리를 굴려보았지만 세월의 흐름 때문일까, 모든 냄새가 입 안에서 과다한 침을 만들어낼 뿐 무슨 빵인지는 맞힐 수 없었다.

신호가 바뀌고 횡단보도를 건너려고 발을 드는 순간 붉은 핏자국이 눈에 들어왔다.

머리보다 큰 핏덩이에서 몇 걸음 지나 다시 큰 핏덩이가 이어졌다. 가벼운 사고가 아닐 것이다. 누군가가 포도주를 엎지르며 장난친 것처럼 두 핏덩이 사이를 작은 핏방울들이 점선을 만들며 연결하고 있었다.

초여름의 아스팔트 위에 홍건하게 펴져 있는 핏자국은 아직 덜 말라 햇빛에 반사되어 반짝거리고 있었다.

핏덩이 옆으로는 찢겨나가 불에 태워진 살덩이마냥 흙에 구르고 차에 밟힌 밥과 반찬들이 널부러져 굴러다니고 있었다. 더럽다. 누가 양심도 없이 사고난 자리에 밥을 버리나. 나는 옆에서 공사중인 인부들을 보며 고개를 저었다.

'저 피들은 언제까지 저 자리에 남아 있을까?'

횡단보도를 건너 집에 도착하였을 때는 모든 생각들이 지워졌다.

훔쳐갈 것이 있으면 재주껏 가져가라는 듯 현관문은 활짝 열려 있었다.

"다녀왔습니다."

방 안을 향해 소리쳤다. 하지만 아무런 응답이 없었다.

거실에는 정리도 되지 않은 채로 반찬과 도시락 용기들이 널려 있었다. 오늘 따라 유달리 많이 남은 반찬들과 식탁 위에 흩어져 있는 돈들이 마음에 걸렸다. 돈 옆에 있는 다섯 세트의 도시락 중에 하나를 집었다. 나는 발끝으로 그릇들을 살짝 밀어내고 안방으로 들어갔다.

가방을 의자에 내려놓고 방바닥에 무릎을 꿇고 도시락 용기를 열어 밥을 먹으면서 신문을 보았다.

오늘 반찬은 장조림, 오뎅볶음, 시금치무침, 고등어조림, 김치였다. 먹을 때마다 밑지고 판다는 생각이 든다.

고개를 숙여 젓가락에 집힌 오뎅을 입으로 가져가려는데 현관문이 벌컥 열리더니 누나가 뛰어들어왔다. 숨을 가쁘게 몰아쉬며 손을 가슴에 얹더니 말했다.

"관…… 관석아…… 빨리 옷 입어…… 엄…… 엄마…… 교통사고 났어……."

누나의 말에 신문을 잡고 있던 손에 힘이 풀리면서 신문이 도시락 위에 떨어졌다. 신문 위로 젓가락이 떨어졌고 젓가락 위로 오뎅이 떨어졌다.

산소호흡기를 달고 머리에 붕대를 감고 있는 교통사고 환자의 이미지가 떠올랐고, 그 사람의 얼굴은 어머니로 겹쳐졌다.

천장을 바라보고 멍하니 있었다.

"빨리 옷 입어. 수술 동의자가 없어서 수술 못하고 있대. 엄마 옷 챙기고 빨리 가야 해."

누나는 옷장을 열고 어머니 옷을 가방 안에 재빨리 쑤셔넣었다.

나는 반바지와 교복 안에 입고 있었던 흰 티를 입은 채 누나를 따라 집을 나왔다.

*

택시 안에서 누나에게 물었다.

"누나, 엄마 많이 아파? 어디가 어떻게 다쳤는데?"

"나도 지금 연락 받아서 잘 몰라. 다리를 다쳤다고 들었는데."

"어디서 다쳤어?"

"우리 집 앞에 횡단보도 있지? 빵집 앞에서 도시락 배달하러 가다가 치였대."

"빵…… 집 앞…… 횡…… 단…… 보도……."

택시는 방배제일병원에서 멈췄다. 식탁 위에 있던 천원짜리 뭉치를 주머니에 넣은 누나는 택시비로 두 장을 꺼냈다.

178

엘리베이터를 탔다. 시끄러운 기계음을 내며 올라가던 엘리베이터는 6층에서 우리를 내려주었다. 처음 보는 낯선 장소에 적응하지 못해 머리가 어지러웠다. 흰색으로 도배된 병원, 가능하면 오지 않았으면 하는 공간이었다.

누나의 뒤를 좇아 604호실 문을 열고 안으로 들어갔다. 다섯 개의 침대 중 왼쪽 창가 쪽에 어머니가 누워 있었다. 어머니는 울고 있었고, 어머니 옆에서는 간호사들이 혈압이 높다며 어머니의 울음을 그치게 하려고 애를 쓰고 있었다.

"엄마!"

나는 달려가 어머니 품에 안기려 했다. 그러나 정작 어머니 곁에 왔을 때에는 벌렸던 팔을 접어야 했다. 어머니의 오른쪽 다리가 받침대 위에 올려져 있었고, 다리를 감고 있는 붕대는 피로 흥건하게 젖어 있었다. 눈을 감고 훌쩍이고 있던 어머니가 누나와 내 목소리를 듣고는 눈을 떴다.

"왔구나."

"누가 이런 거야?"

나는 흥분에 못 이겨 어머니에게 화를 내었다.

"엄마가 도시락 배달을 하고 있었어. 도시락 가방을 들고 횡단보도를 건너 보험회사에 가고 있는데, 갑자기 퍽 하는 소리와 함께 눈앞이 캄캄해지더라. 처음에는 사고난 줄도 모르고 도시락을 빨리 배달해야 한다는 생각에 눈을 뜨고 엎어진 도시락들을 주워담고 일어서서 앞으로 걸어가려고 했는데, 오른

쪽 다리가 휘청거리며 꺾이더니 다시 앞으로 넘어졌어. 횡단
보도 옆에 서 있던 경찰들이 나를 차에 태웠는데 그 뒤 정신을
잃었어."
　"엄마, 횡단보도에 있던 그 피가 엄마 피였어?"
　횡단보도에서의 느낌들이 되살아나면서 눈앞이 아른거리며
뜨거워졌다. 가라앉은 분위기를 깬 사람은 옆 침대에 누워 있
는 할머니였다. 할머니 한 분이 음료수 두 개를 누나와 나 사
이의 작은 틈 사이로 내밀었다.
　"학생들 먹어."
　"네…… 고맙습니다."
　음료수를 받고 나서 주위를 둘러보니 어머니 쪽이 허전해
보였다. 창틀에 먹을 것을 쌓아두고 있는 다른 침대에 비해 어
머니 쪽만 창문으로 들어오는 빛이 유난히 많았다.

　등뒤에서 누군가 누나의 이름을 불렀다. S아저씨였다.
　누나는 S아저씨를 따라서 입원실을 나갔다. 나도 누나의 뒤
를 따랐다.
　"민영아! 수술 동의서에 서명을 못해서 엄마가 수술을 받지
못하고 있거든. 아저씨가 하려니까 가족이나 친척이 아니라고
못하게 하더라. 그래서 민영이가 해야 될 거 같아."
　테이블 위에 놓여 있는 동의서를 읽던 누나의 손이 마지막
부분의 두 줄을 읽는 순간 떨렸다. 심한 떨림에 나도 어찌할

바를 몰랐다. 흔들리는 누나의 모습을 본 것은 처음이었다.

　누나는 구불구불, 이름을 그려 넣었다. 한 생명의 책임을 지는 것은 누나에게도 버거웠던 것 같다.

*

　교무실 앞에 서서 어떻게 말해야 하나 고민하였다.

"선생님, 저 지금 집에 가봐야 하거든요."

"왜 그러는데?"

"어머니께서 교통사고 나셨어요."

"정말이니? 많이 다치셨니?"

"다리가 세 군데 부러졌어요. 오늘 수술하셔서 제가 가봐야 돼요. 어머니를 돌볼 사람이 아무도 없거든요."

"그래? 걱정이 많겠구나. 가보거라."

　나는 담임 선생님을 속이고 학교를 나와 병원으로 가지 않고 집으로 갔다. 학교 정문을 혼자 지나칠 때의 허전함이 몸을 감쌌다. 아무도 없는 거리를 혼자 걸어가니 세상에서 따로 떨어진 느낌이었다. 다시 학교로 돌아가고 싶었다.

　집에 도착하여 들어가니 약속대로 아줌마 세 분이 와 계셨고, 이미 도시락의 포장은 끝나서 일렬로 쌓여 있었다. 어머니가 만든 도시락이 아니라는 느낌이 반찬 빛깔에서부터 알 수 있었다.

나는 책가방을 누나 방에 던져놓고 도시락을 들었다.

"어디 가면 돼요?"

"PC방과 안과에서 전화 왔었어. 다섯 개씩 갖다 주면 돼."

금기시해 왔던 왼팔을 사용하기로 마음먹었다. 앙상하게 말라 있는 왼손에 무게가 실리니 뼈가 찌릿거렸다.

나는 양손에 도시락을 들고 뛰어나갔다. 시험기간이 지난 터라 다행히 거리에는 내 또래 애들이 없었다.

어머니가 다녔던 흔적들을 되새기며 배달다녔다.

어머니 수술 시간까지 두 시간 정도 남았다. 이제 마지막으로 신학원에만 가면 오늘 배달은 끝나는 것이었다.

도시락 40개를 들고 신학원으로 향했다. 횡단보도를 건너는데 아직 어머니의 피가 지워지지 않고 남아 있었고, 흰 페인트로 사람 모양의 그림과 번호가 그려져 있었다. 나는 먼 곳을 응시하며 걸었다.

어깨가 빠질 것만 같았다. 가면서 저만치에 목표를 정하고 그곳까지 뛰어가서 도시락을 내려놓고 쉬기를 반복하여 가까스로 신학원에 도착하였다. 평소 어머니만 가던 곳이어서 나를 기억 못할지도 몰랐다.

'개교기념일이라고 해야지.'

땀을 한번 닦아내고 젓가락의 갯수를 셌다. 도시락 용기가 깨지지 않았나 살펴보았다. 주머니를 툭툭 쳐서 잔돈이 있는

지 확인하였다. 모든 준비가 끝났는데도 쉽게 발이 떨어지지 않았다. 건물을 한번 올려다보고 심호흡을 하고 지하실로 내려갔다.

시간이 일렀는지 기도하는 소리가 들려왔다.

나는 어머니가 항상 서 있던 거울 옆에 가서 도시락을 내려놓고 사람들이 나올 때까지 기다렸다. 조용하던 복도가 웅성거리면서 사람들의 발걸음 소리가 들렸다. 나는 다시 한번 눈을 감고 심호흡을 하였다.

"어머! 아들이니?"

한 아줌마가 2천원을 들고 나타났다.

"네……"

"엄마는?"

가장 꺼려했던 말이 나왔다. 계획했던 대로라면 "학교는?" 하고 물었어야 했고, 나는 "개교기념일"이라고 대답했어야 했다. 나는 그들이 당연히 아들이 어머니 일을 도와줄 것이라고 생각할 줄 알았다. 그러나 아줌마의 입에서 엄마라는 단어가 튀어나오니 병원에 누워 있는 운이 억세게도 없는 어머니 모습이 떠올랐다.

"어…… 엄…… 엄…… 마…… 병원…… 에……."

사람들이 몰려들었다. 나는 내가 이 일을 하고 있다는 것이 서럽게 느껴졌고, 그런 일을 여태껏 해오던 어머니의 심정을 오늘에서야 생각해볼 수 있었다. '어머니는 다쳐서 병원에 계세요' 라는 말이 입 밖으로 나오질 않았다.

"어머니께서 왜?"

아줌마는 놀라며 물었다.

"교…… 교…… 통…… 교통사고…… 나셨어요……."

꺽꺽거리는 숨을 멈추려고 하면 머릿속에는 지금의 내 모습과 배달을 하던 어머니의 모습이 겹쳐져서 울음을 멈출 수가 없었다.

아줌마는 나를 안았다.

"학생, 울지 마. 우리 아들도 그 학교 다니는데, 내가 학생이 중간고사 기간에 배달하는 모습을 보고 학생 칭찬을 얼마나 많이 했는데. 울지 마. 아줌마도 눈물 나오려고 한다. 뚝."

따뜻하게 감싸오는 아줌마의 기운이 배달하는 동안만이라도 잊으려고 한 어머니의 품을 연상하게 하였다.

손으로 눈물을 닦아내는 것이 한계에 다다랐다. 양 팔뚝 소매는 땀과 눈물로 범벅이 되었다.

전도사님이 오셔서 주위 사람들에게 소리쳤다.

"우리 학생 도시락 좀 팔아줍시다."

나는 아줌마 품에 안겨 울고 있었다.

아줌마의 위로에 마음이 겨우 진정되었다. 나는 도시락 가방을 찾았고, 가방 안에는 40개의 도시락 대신 만원짜리 여덟 장이 자리를 대신하고 있었다.

나는 "고맙습니다"라고 고개를 숙여 계속 인사를 했다.

신학원을 뛰쳐나와 집으로 가는 동안에 지하에 움트고 있는
사람들의 따뜻함에 눈물이 계속해서 흘러나왔다.

*

어머니의 수술 시간이 얼마 남지 않았다. 엘리베이터가 6층
에서 멈췄다. 문이 열리면서 내리려는데 엘리베이터 문 앞에
는 어머니가 침대에 실려 있었다. 나는 나가려다가 의사들과
함께 들어오는 어머니의 침대를 잡고 안쪽으로 들어갔다.
 "엄마, 지금 수술해?"
 "응. 관석아, 걱정하지 말고 있어."
 어머니는 애써 눈물을 삼키고 있었다.
 "이해순씨, 울지 마세요. 혈압 높아지면 위험해요. 걱정 안
하셔도 돼요. 어차피 죽는 사람도 가끔 가다 있으니까."
 장난기 섞인 의사 선생님이 어머니를 웃기려고 말한 것 같
지만 어머니는 아랑곳하지 않고 울기만 했다. 의사 선생님은
머리를 긁적였다. 나는 어머니에게 무슨 말을 해야 될지 몰라
고민하고 있었다. 괜한 말은 내 감정만 격해지게 만들 것이고,
그러면 어머니의 혈압만 높아지게 할 뿐이었다.
 종소리가 울리면서 엘리베이터는 3층에서 우리를 내보냈다.
 어머니의 얼굴 쪽에 서서 어머니의 손을 잡았다.

수술실 옆에서 초록색 제복을 입고 마스크를 쓴 사람들이 어머니를 끌고 수술실로 들어갔다. 어쩌면 '엄마. 힘내' 한마디를 원했던 어머니에게 나는 아무런 말도 해줄 수 없었다.

'수술중'이라는 불빛이 켜졌다. 수술실 앞에 앉아 있는데, 종소리와 함께 문이 열리고 누나가 나타났다.

"관석아, 엄마는?"

"들어갔어. 많이 울더라……."

누나가 내 옆에 앉으려고 무릎을 굽히려는데, 이번에는 양복 차림의 아저씨가 나타났다.

"학생들 미안해. 어머니는 수술 들어갔어?"

오가며 스쳐 지나갔던 사람들에 대한 기억을 최대한 끄집어내보았지만 누군지 알 수 없었다. 누나는 어떤지 누나의 얼굴을 쳐다보았는데, 그 아저씨를 보는 누나의 얼굴이 달아오르더니 덜덜 떨고 있었다.

누나의 얼굴을 보고 나서야 내 작은 주먹에 힘이 들어갔다.

누나에게 물었다.

"이 사람이야?"

누나는 고개를 끄덕였다.

주먹에 들어간 힘이 팽창하였다. 나는 그 아저씨를 노려보았다.

"미안해! 정말 미안하다. 이 아저씨가 잘못했다."

무릎을 꿇고 간절하게 비는 그 아저씨의 얼굴을 보았다. 나는 격한 감정을 억제하며 주먹을 폈다.. 오히려 어머니에게 불이익이 될 것 같았기 때문이다.

*

　검은 양복의 남자들이 병원에 줄을 이어 다녀갔다. 도시락 장사를 하는 동안 어머니는 악명 높기로 소문난 검은 양복의 남자들을 친구 또는 동생으로 만들었다. 그들이나마 어머니의 서글픔을 달래주듯 수십 명의 검은 양복 남자들이 상점에서 사 온―가장 비싸면서도 먹을 것은 없는―과일 바구니들이 어머니의 허전한 창가를 채웠다. 순결을 상징하는 흰 바탕의 건물에 검은 안개들이 드나드니 사람들의 관심은 어머니에게 집중되었고, 그런 가운데 어떤 이는 어머니를 꺼려하는가 하면 옆에서 우리 사정을 들었던 할머니들은 어머니의 어깨를 안아주기도 했다. 검은 양복의 행렬에 병원은 국가 유공자의 장례식의 분위기가 연출되었다.
　어머니의 혈압은 위험치를 웃돌았고 매일 혈압약을 먹었다. 오늘부터 어머니의 병문안을 위해서 병원에서 자야 했다. 비닐봉지에 교복을 담고 책가방을 싸서 집을 나왔다. 차비가 아까워 사당동에서 방배동까지 걸어갔다. 지나치는 버스정류장의 표지판을 세면서 가려고 했으나 다섯 번째 표지판을 지나면서부터 숫자 세기를 집어치웠다.

처음 보는 동네의 길을 걷는 것은 즐거웠다. 처음 보는 사람들의 가지각색의 얼굴들, 가게의 간판들이 밤하늘에 내뿜는 색색가지의 네온사인, 가끔가다 길을 잘못 들어도 나는 그것마저 즐거웠다. 잠시라도 현실에서 벗어나 이렇게 길을 걸으며 숨쉬는 땅을 밟는 것의 행복. 그 행복감에서 상상하는 미래에 대한 희망. 해는 졌으나 그 여운이 남아 불그스레한 밤하늘, 수채화 같은 하늘빛을 보는 신비함. 내 마음을 어떤 단어를 사용해서 설명하여야 할까? 이러한 작은 즐거움이 현실을 살아가는 데 하나의 버팀목이 되는 것 같다.

병원에 도착해서 같은 호실에 누워 있는 아줌마들과 할머니들께 인사를 드렸다. 어머니는 벌써부터 사람들을 끄는 재능을 발휘하였다. 어머니가 누워 있는 침대 주위에는 간호사들을 포함한 그 병원 환자들이 모여서 어머니의 이야기를 들었다. 거의 대부분이 지금 내가 이야기한 것들을 어머니의 관점에서 말하였다.

어머니의 오른쪽 다리뼈에는 긴 쇠가 박혀 있다. 오른쪽 다리 피부 위로 나사들이 나와 있다고 어머니가 말했다. 나는 어머니의 깁스되어 있는 다리를 볼 때면 나의 오른쪽 다리가 간지러웠다.

보조침대를 꺼내서 병원 특유의 은은한 조명 아래에서 잠이 들었다. 새벽에 가위에 눌려 잠꼬대를 하는 어머니의 소리는 죽어간 하마가 밤새 울어대던 소리와 비슷해서 몇 번이나 잠을 설쳤고, 눈을 떠서는 어머니 얼굴에 맺힌 땀을 닦았다.

*

수학여행이 얼마 남지 않았다. 수학여행비 고지서를 받은 지 많은 시간이 흘렀지만 내지를 못하고 있었다. 어머니의 사고까지 겹쳤기에 가방 안주머니에 박혀 있는 수학여행 고지서를 나는, 잊어버리고 있었다. 어머니가 사고난 다음날 내가 도시락을 배달하여 마지막으로 번 돈으로 근근이 생활해 나가고 있는 상태에서 고지서를 어머니 앞에 꺼내기가 어려웠다.

나는 수학여행비를 내 손으로 마련하기 위해 중학교 때 대여점을 했었던 기억을 되살려 프로젝트를 짰다. 이번에는 CD를 복사해서 파는 것이었다. 이것은 엄청난 불법이었기에 수학여행비만 벌고 손을 떼기로 결심했다. 학교 내에서 불법 CD의 판매가 성황을 이루고 있었다. 그러나 나에게는 CD를 복사할 수 있는 기계는커녕 컴퓨터조차 없었다.

나는 다음날 학교에 가서 학생들이 필요로 하는 가치 있는 프로그램을 골라서 세 장을 맞추었다. 한 장당 5천원씩이었는데, 세 장을 사고 2천원을 깎았다. 돈은 일주일 후에 주기로 했다.

학교를 마치고 흑석동에 위치한, 애니메이션을 작업하는 회사에 가서 잘 팔릴 만한 것들을 모아서 한 장을 만들었다. 그리고 한 장 더 복사를 하였다.

PC방에 가서 리스트를 만들고 우리 윗집에 사는 중3 학생한테 갔다.

"돈 벌어볼래?"

"뭔데요?"

"CD 파는 것. 한 장 팔 때마다 삼천원씩 줄게."

장당 1만 5천원에 팔았다. 다른 애들은 보통 5천원씩 받고 팔았지만, 나는 내가 직접 사는 사람이 원하는 취향을 골라서 편집했기 때문에 1만 5천원이라 할지라도 자신이 있었다.

직감은 적중했고, 윗집 애는 하루가 바쁘게 주문을 받아왔다.

애니메이션 회사에서 CD를 복사하는 데 장당 6천원이었다. 그리고 윗집 애 몫 3천원을 빼면 나에게 돌아오는 것은 차비 빼고 5천원이었다. 윗집 애는 자신의 친구들까지 불러서 일을 시켰고, 나는 덕택에 앉아서 돈을 벌었다. 일주일 동안 나에게 돌아온 순수익은 15만원이었고 애초부터 이익을 목적으로 한 것이 아니었기 때문에 이레째 접어드는 날 그만두었다.

*

아침부터 내 이름이 방송을 탔다.

"최관석 학생, 행정실로 지금 즉시 내려와주십시오."

행정실. 되도록 가지 않았으면 하는 곳이다. 계단을 내려가면서 어떤 변명을 대야 할지 궁리했다.

'2기분 등록금 때문이겠지? 뭐라고 해야 하나?'

행정실 앞에 행정실 아저씨가 서 있었다

"최관석 학생, 장학금 타서 1기분 등록금 도로 타게 됐어. 여기 부모님 서명 받아와."

29만 얼마. 수표에는 여섯 개의 숫자가 씌어 있었다. 나는 믿기지 않았다. 영수증에는 장학금이라는 글자만 적혀 있었다.

담임 선생님인 이창근 선생님께 갔다.

"선생님, 이거 무슨 장학금이에요?"

"응, 근로장학금. 저번에 관석이 팔 부러졌을 때 가정환경조사서 보고 선생님이 신청했어."

수업이 끝나기가 무섭게 병원으로 뛰어갔다. 어머니에게 달려가서 봉투를 내밀고 고개를 위로 쳐들어 보였다. 어머니는 봉투를 열어보았다.

"관석아, 장학금이네. 어떻게 탔니?"

"이창근 선생님이 신청해주셨어. 엄마가 쓴 가정환경조사서에 우리 집 이야기 적힌 거 보시고."

어머니는 영수증을 들더니 병실을 돌아다니며 자랑하였다.
어머니 침대 옆에 있는 아줌마가 말했다.

"학생, 참 대견하네."

"전 아무것도 한 일이 없는데요."

수학여행을 하루 앞둔 날이었다.

*

수학여행을 갔다. 전날 옷을 대충 싸고 새벽에 어머니 병원에 가서 자고 학교로 출발하였다. 수학여행지는 경주였다. 나를 대신해서 어머니를 돌보려고 풍기에 계신 외할머니께서 오셨다.

"할매, 선물 사올게요."

경주에 있는 동안 비가 내려서 우리는 숙소에만 있어야 했다. 그림이 그려진 빨간 화투장들이 쫙 소리를 내며 각 숙소에서 울렸다.

둘쨋날 밤이었다.

"광란의 밤을 만들자."

"역사는 밤에 이루어진다."

이렇게 떠들던 반 친구들은 밤이 되자 코를 골며 잠을 잤다.

부스럭부스럭.

그 와중에도 깨어 있는 몇몇 애들이 일어나더니 무리를 만들었다.

"야, 나 오뎅하고 떡볶이 싸왔다. 애들 적을 때 먹으려고."

"빨리 꺼내봐."

나도 깨어 있었다. 먹을 것이라는 말에 귀가 솔깃했지만 먹고 나서 씻기도 귀찮고 해서 일어나지 않았다. 그냥 잠을 자려고 눈을 감고 있었다.

가방을 여는 소리가 들렸다. 자지 않고 깨어서 주위에 몰려 있던 애들은 환호를 지르기 시작했다. 수학여행 때 밤참이라. 아이들은 신나서 수군대며 말했다. 흔들리는 손전등의 불빛이 창문에 퍼져 밖으로 새어나갔다.

"먹으면서 고스톱이나 칠까?"

가방 안에서 비닐이 부스럭거리는 소리가 나더니 갑자기 조용해졌다.

"뭐야, 이거 다 터졌잖아."

냄새가 퍼져서 잠을 자던 애들까지 깨웠다. 누워서 듣는데 얼마나 웃겼던지 잠을 자는 것을 포기하고 일어나서 자는 애들 얼굴에 낙서를 하고 다녔다.

*

겨우 갚아나가며 끝이 보이던 사채 빚이 다시 불어났다. 간단하게 다리만 부러져 나처럼 금방 퇴원할 줄 알았는데, 어머니는 한 계절을 지나 세 번째 계절에 들어설 때까지 병원에 입원해 있었다.

어머니는 도시락 배달을 하는 중에 들어놓았던 보험료를 찾아 생활비와 사채 빚을 어느 정도라도 갚으려고 보험금을 신청하러 갔다. 검은 양복의 남자들은 병원에 와서 위화감을 조성하였다.

어머니와 나는 전치 16주라고 씌어 있는 의사의 진단서를 받고 교통사고 확인원을 받으려고 B경찰서에 갔다.

교통사고 확인원을 받은 어머니는 내용을 보자마자 끓어오르는 억울함을 참지 못했다. 어머니가 입원하고 수술이 있은 다음날에야 횡단보도에서 현장조사가 있었다. 그렇지만 집안의 어른이라고는 어머니뿐인데 입원해 있으니 가서 살펴봐줄 사람이 아무도 없었다.

현장조사에서 어머니를 친 사람만 있다 보니 경찰들은 당연히 가해자 편으로 기울었다.

어머니는 가슴을 쥐어뜯으며 억울해하였다. 어머니는 잘못된 내용을 바로잡으려고 횡단보도 옆에 있는 노점상을 찾아갔다. 흰색 환자복에 목발을 짚은 채 버스를 타고 운전사의 짜증

194

을 뒤로 받으면서 내렸다. 세 군데의 노점상 중 액세서리를 파는 곳으로 갔다.

"아주머니, 안녕하세요?"

"어, 도시락 아줌마, 다친 곳은 괜찮아요?"

어머니의 도시락 장사는 이 근방에서 유명해 있었다.

"네, 그런데 부탁 하나 드려도 될까요?"

노점상 주인의 얼굴이 어두워졌다. 어머니는 교통사고 확인원을 주머니에서 꺼내 보였다.

"아주머니도 그때 보셨다시피 사고났을 때 파란 불이었잖아요?"

"으…… 응…… 그랬었…… 지?"

"아주머니께서 증인을 서주시면 감사하겠습니다."

"난 그런 거 잘 몰라."

"아주머니, 부탁드려요. 그냥 보신 대로 얘기만 해주시면 돼요."

"난 모른다니까! 저리 가! 손님들 안 오잖아."

버럭 화를 내는 첫 노점상. 나머지 두 군데도 기억이 나지 않는다는 등 거절하였다.

"엄마, 이제 어떡해?"

어머니는 어떻게 할지를 몰라서 쓰라린 한숨만 길게 내쉬었다. 어머니는 사건을 담당한 형사에게 말하려고 B경찰서에 갔다.

B경찰서 대기실에서 사건을 담당한 형사를 기다리고 있는데 하나의 표지판이 눈에 들어왔다.

'억울한 교통사고 판정을 검찰에 의뢰하는……'

어머니는 그 내용을 보고 형사에게 말했다. 결국 검찰의 재조사가 진행되면서 교통사고 확인원에는 사실만이 기록되었다.

*

청도가 놀러 왔다. 방학 때마다 서울에 오고 싶어했지만 큰외삼촌의 만류로 오지 못했던 청도는 이번 여름방학에야 옷짐을 하나 가득 지고 청량리역에 도착하였다. 큰외삼촌은 우리 형편이 힘들어서 청도가 부담이 될까 염려하셨던 것이다.

물론 서울에는 우리말고도 작은외삼촌 댁, 작은이모 댁도 있었지만 청도는 오로지 우리 집만을 고집하였다.

청량리역에서 청도를 데리고 집으로 오면서 지하철 안에서 물었다.

"청도야, 큰고모가 지금 병원에 입원하고 있어서 집이 지저분한데 괜찮아?"

"응, 상관없어."

"고모가 없어서 밥도 제대로 못 먹을지도 몰라."

"괜찮아."

196

청도는 웃으면서 거리낌없이 말했다. 이런 말을 서슴없이 시원하게 해주는 청도가 고마웠다. 생각해보니 청도만이 우리 집을 무시하지 않고 또한 우리 식구를 진정으로 좋아해주는 것 같다.

청도를 설득하기란 애초부터 힘들었다. 청도는 지하철에서 3만원을 내 앞에 꺼냈다.

"이게 뭐야?"

"응, 놀이동산 가려고 모아 왔어."

덜컹거리는 열차 소리가 가슴을 쳐댔다. 나는 얼마나 못난 놈이기에 사촌동생을 데리고 놀이동산 한번 데려갈 능력이 되지 못할까?

나는 수학여행에서 남은 돈을 합쳐 청도와 놀이동산에 다녀왔다.

*

오늘은 넉 달 만에 어머니가 집에 오는 날이다.

"관석아, 집에 컴퓨터 도착하니까 기다리고 있어."

어머니의 전화가 오랜만에 내 심장을 흥분으로 뛰게 하였다. 나는 학교에 갔다 와서 부동자세로 바닥에 앉아 컴퓨터를 기다렸다. 이제까지 컴퓨터를 사면 하고 싶었던 일들을 기억

해냈다.

중3 여름방학 때 계획한 CD 앨범은 이미 기업체가 특허를 내어서 늦었다.

어머니와 함께 도착한 컴퓨터가 아저씨들의 손에 의해서 들려오는 모습을 보고 나의 흥분된 가슴은 밑으로 가라앉았다.

새하얀 케이스에 윤이 번지르르하게 나는 모니터. 손을 올리면 보드라운 촉감의 마우스. 그러나 나의 헛된 몽상은 깨졌다.

내 책상 위에 올려진 컴퓨터는 누리끼리하게 사람 손을 탈 대로 탔고, 모니터에 담배연기가 고스란히 낀 채 14인치의 자태를 뽐내고 있었다.

"엄마, 이거 중고야?"

"아니, 한 달씩 돈 내면서 빌리는 거야."

"으…… 웅…… 그렇구나."

중고라도 내게는 과분하였다. 책상 위에 있는 내가 직접 짠 견적서를 얼른 집어 구겨서 손 안에 숨겼다. 어머니는 되레 나에게 미안해하였다.

빌려온 컴퓨터라 나는 마음대로 쓰지도 못했다. 어머니는 회사에 있는 것 중 가장 좋은 것으로 갖다달라고 했지만 어머니의 마음만 받기로 했다. 오늘부터 어머니 옆에서 자는 것만도 기뻤기 때문이다.

어머니는 다시 돈을 벌 때까지 참아달라며 게임 CD를 하나 사주었는데, 컴퓨터가 CD의 사양을 따라가지 못해 멋진 케이스에 담긴 CD는 장식물이 되고 말았다.

꿈속에서 누군가의 목소리가 나를 깨웠다. 나의 이름을 부르던 목소리는 커지면서 익숙한 형상을 그려내었다.

"관석아, 관석아, 일어나, 빨리."

매일 일정한 시간에 일어나도록 정해진 몸의 알람은 꿈쩍도 하지 않으려 하였다.

"관석아, 일어나. 너 이제 엄마 없이 이모네서 살아야 돼. 빨리 일어나."

눈이 번쩍 뜨이면서 바로 앞에 앉아 있는 어머니를 잡아내었다. 머리를 혼란하게 하는 어머니의 말을 받아들이지 못하고 얼굴을 바닥에 붙인 채, 앞에 앉아 있는 어머니의 눈을 가만히 들여다보았다.

어머니의 얼굴에서 열심히 미소를 찾았지만, 근심 위에 젖어 있는 미소는 길에 버린 강아지를 애련한 눈빛으로 보는 것 같았다. 나를 안쓰럽게 쳐다보고 있는 어머니, 어머니 옆에 표정이 굳어져 고개를 떨구고 있는 누나.

원래의 시야를 되찾자 서둘러 몸을 일으켰다. 미련이 남아 떠나지 못하고 있었던 잠덩이들이 자기를 누르는 힘에 못 이겨 잔재를 남기며 서서히 물러갔다. 책상 위에 놓여 있는 안경을 더듬거리며 찾았다.

"무…… 무슨 말이야?"

어머니는 통장을 보여주었다.

통장에는 9백만원이 있었는데, 누나 등록금 2백만원을 빼고, ~실업, ~용역, ~사로 돈이 빠져나가서 잔액이 50만원 남아 있었다.

"이거 엄마 보상금 받은 거잖아? 다 어디 간 거야?"

어머니가 교통사고 나서 받은 보상금은 검은 양복 남자들에게로 모두 빠져나갔다. 4개월 동안 입원하여 받은 돈은 어머니를 평범한 가정주부로 보고 지급한 액수였다. 도시락 배달을 하면서 빚쟁이들 때문에 어머니는 사업자등록을 하지 못했다. 사업자등록을 하면 어머니가 버는 돈이 차압당할 것이 뻔했기 때문이다. 또한 유랑생활을 하고 있는 우리는 전입신고도 하지 않은 것은 물론이고, 밀린 의료보험료도 어머니가 입원함으로써 낼 수 있었다.

"사채업자들한테는 오늘까지 모두 갚기로 했었어. 그래서 지난 사 개월 동안 찾아오지 않았잖니? 그런데 빚이 너무나 불어서 천문학적인 액수가 되어버렸어."

모두가 우리 세 식구의 생활비, 최저생활비로 쓰인 사채 빚은 사채업자들에 의해 부풀려져 오늘을 기다려왔다. 몇 시간 후면 검은 양복을 입은 남자들이 집으로 들이닥칠 것이다.

"민영아, 관석아, 너희 빨리 중요한 짐만 챙겨."

"중요한 짐만? 이것들은 다 어떡하구?"

만화책 대여점을 하다 남은 만화책들, 간간이 사오던 문제집, 나는 주위를 둘러보며 말도 안 된다며 어머니에게 말했다.

어머니는 새벽 5시를 가리키고 있는 시계를 바라보며 다급해하였다.

"어쩔 수 없어. 모두 포기하고 다시 시작하는 수밖에. 빨리 짐이나 챙겨서 대문 앞에 갖다놔. 택시 불러올게."

나와 누나는 더 이상 묻지 않았다.

나는 빌려온 컴퓨터와 책가방에 들어갈 수 있는 교과서를 최대한 집어넣고서 대문 밖에 옮겨놓았다. 누나는 전공 책들을 가지고 나왔다.

마음 한구석이 텅 빈 것 같았다. 기차를 타고 여러 시간 여행하다가 내리면 느끼는 허전함. 무엇인가 중요한 것을 놓고 온 것 같았다.

냉정하게 지금 이 상태에서 없어지면 꼭 다시 사야 되는 것이 무엇인가 생각해보니 교복이었다. 나는 방으로 가서 옷장을 열어 겨울에 입을 교복을 챙겼다. 겨울 교복을 입을 시기가 다가오는데 다시 산다는 것은 불가능하였다.

어머니가 택시를 잡아서 왔다. 트렁크를 열고 짐을 넣은 다음 어머니는 누나에게 5만원을 나에게 1만원을 주었다.

어머니는 뒷좌석에 우리를 태웠다. 언제나 먼저 타던 어머니가 타지 않자 나는 고개를 갸우뚱거리며 물었다.

"엄마는 같이 안 가?"

"엄마가 꼭 연락할게. 이모네 집에 가 있어. 마음 단단히 먹어. 그리고 이 집에는 절대 오지 마. 누가 엄마 어디 갔냐고 물으면 모른다고 하고……."

어머니의 다리를 잡고 가지 말라고 붙잡고 싶었지만 이성이 자리잡고 있는 현재의 나로서는 차마 입을 열지 못했다. 지난 3년 간의 일들이 스쳐 지나가면서 어머니를 놓아주어야 한다고 생각했다. 어머니의 뒷모습을 보는 날이 오늘이 마지막일 것 같았다.

골목에서 빠져나와 택시는 관악산을 보며 위로 달렸고, 어머니는 가방 하나를 들고 아래로 걸어갔다. 택시의 빠른 속도는 어머니와의 사이를 더욱 벌려놓았다. 나는 심으로 넓인 숍은 택시 안에서 몸을 뒤척거리며 뒷유리창을 보았다. 뒷유리창의 세로로 나 있는 줄에 몸이 잘려 보이는 어머니는 많은 사람들 사이에서 혼자서만 몸을 뒤뚱거려 금방 눈에 띄었다.

어머니는 내가 수학여행 때 멘 여행용 가방에 옷을 넣고 쓸쓸함을 그림자 삼아 다리 한쪽을 절뚝거리며 어디론가 목적지 없이 걸어갔다. 어머니의 몸이 저렇게 작은 줄을 왜 미처 몰랐을까?

나는 어머니의 모습을 잊어버릴 것만 같아서 어머니의 뒷모습이라도 기억하려고 뒷유리창에 얼굴을 묻고 떨리는 윗입술을 꽉 깨물었다. 점점 작아지는 어머니의 모습을 하나라도 놓치지 않으려고 집중하였다.

*

"누나, 우리는 사람답게 살면 안 되나 봐, 그지?"

"관석아, 우리는 완전히 바닥으로 내려앉은 거야. 사람은 한 번 빚을 지면 결국에는 나락으로 떨어진다는 말이 사실이었어. 이제 잘살았던 지나간 날들은 모두 잊고 다시 처음부터 시작해야 돼. 돌아올 수 없는 시간들이야. 알았지?"

출근시간이 아직도 먼 시각이었다. 넓은 거리는 우리가 탄 택시와 옆에서 두세 명의 손님을 태우고 다니는 버스 한 대가 차지하고 있었다.

서울역을 지나면서 누나는 침을 한번 삼키고 말을 이어갔다.

"관석아……."

"응?"

조금 열린 창문에서 들어오는 바람들이 싸늘한 새벽공기를 싣고 집어삼킬 듯한 소리를 내며 얼굴을 감쌌다. 숨을 쉬기가 어려웠다. 거센 바람에 목소리가 깨졌다.

"우리는 절대로 빚 같은 것은 지지 말자. 돈이 없더라도 그냥 없는 대로, 없이 사는 거야. 알았지? 나랑 약속하는 거다?"

"응, 나도 그렇게 생각하고 있었어."

"그런데…… 누나…… 아, 아니다."

어머니에 대해 물어보려고 했었다. 그러나 그 말을 하려고 하면 입이 좀처럼 떨어지지 않았다. 누나는 내가 물어보려고 하는 말을 눈치챘는지 먼저 말을 꺼냈다.

"관석아, 우리…… 이제 우리에게 남은 것은 너와 나 둘뿐이야. 우리는 여태까지 우리가 봐왔던 사람들처럼 형제끼리 배신하지 말자. 우리가 보아온 어른들의 모습을 우리는 닮지 말자. 우리 둘 중 누군가가 어려우면 꼭 도와주자."

누나도 나처럼 짐작은 하고 있는 것 같았다. 그러나 인정하기는 싫었는지 직접적인 언급은 하지 않았다.

"앞으로 어떻게 살지? 생활비는 어떻게 하지?"

"내가 과외를 하나 더 해야지, 뭐."

"과외를 하나 더 한다고? 지금도 두 개나 하고 있잖아."

"어쩔 수가 없잖아. 죽을 때 죽더라도 살 수 있는 데까지 노력은 해봐야지. 아무것도 안 하고 후회하는 것보다는 낫잖아?"

언젠가 어머니가 나에게 했던 말을 이제는 누나가 대신 하였다.

작은이모 댁에 도착하여 짐을 옮겼다. 작은이모는 반갑게 맞이하여주셨다.

"이모, 관석이하고 나 어느 방 써?"

"응, 이 방."

손가락이 가리킨 방은 옷이 널려져 있고 장난감들이 굴러다니는 방이었다.

그 방을 정리하고 비어 있는 책장에 누나와 나의 물건을 넣었다. 방 정리가 끝나고 학교에 가기 위해 이모 댁을 나왔다. 이 시간이면 평소에는 아침밥을 먹을 시간이었다. 이모 입에서 '아침밥'이라는 단어가 나올 때까지 시간을 질질 끌며 신발을 신어보았지만, 이모는 짐 정리를 하느라 여념이 없었다.

*

우리 학교인 경문고등학교를 지나쳤다. 버스는 사당동 앞에서 나를 내려주었다.

학교에 가기에는 이른 시각이었다. 나는 마지막으로 한 번만 더 집을 보기 위해 걸어갔다. 한여름 청도와 미친 듯이 뛰어다니던 큰길을 지나, 이삿짐 옮기던 날 트럭이 들어오지 못해 애먹이던 골목을 지나, 영기와 자장면을 먹었던 계단을 지나, 수능 날 빚쟁이들이 서 있던 대문을 지나, 도시락을 배달하기 위해 뛰어다니던 계단을 지나…….

옛 추억에 사무쳐 도착한 곳은 현관문 앞이었다.

손잡이만 앞으로 열면 조금 전까지 있었던 어머니의 모습을 상상할 수 있었다.

절대로 돌아오지 말라는 어머니의 명령을 깼다.

나는 집으로 들어갔다. 모든 가구들이 정상적으로 작동하는 소리가 들려왔다. 언제나 몸을 감싸는 우리 집이라는 느낌도 부서지지 않고 그대로였다.

책상으로 가서 책가방과 쇼핑백에 문제집을 쑤셔넣었다. 행여라도 검은 양복의 남자들이 올까 봐 눈치를 보며 허둥대는 나의 행동은 남의 집을 뒤지는 도둑의 모습이었다. 매일 250원씩 모아서 산 문제집들을 놓고 갈 순 없었다. 다른 자질구레한 것을 택할 수도 있었으나, 지금 눈에 보이는 돈보다는 돈을 벌 수 있는 수단을 택하고 싶었고, 그 수단의 배경은 공부였다.

찢어질 듯 아슬아슬한 쇼핑백 끈을 잡고, 책이 가득한 가방을 가슴이 조이도록 메고, 문 앞에 서서 길게 숨을 들이마시며 공기를 기억 속에 넣으려 했다. 그리고 지금 눈에 보이는 장면들을 잊지 않으려고 위치와 때깔들을 하나하나 새겨나갔다.

열쇠 없는 문을 닫고 지하철역으로 갔다. 사당역 사물함 칸 32번에 900원을 넣고 문제집들을 집어넣었다. 열쇠를 뽑아 주머니에 쑤셔넣고 학교로 갔다.

학교에 도착하여 교무실 앞에 섰다. 선생님들께서는 조회를 하고 계셨다. 마음을 진정시키지 못하고 이리저리 돌아다니며 끝나기를 기다렸다.

이윽고 선생님 한두 분씩 나오시는 틈을 타서 교무실 문을 열었다. 담임 선생님께서는 같은 자리에 앉아 계셨다.

담임 선생님께 다가가 옆에 섰다.

"선생님. 저…… 지금 바로 가봐야 되거든요."

"왜 그러니?"

되도록 떠올리지 않고 마음 한구석에 묶어둔 어머니의 절뚝거리는 뒷모습을 시작으로 오늘 아침부터 일어난 일이 교차되면서 하나의 영상으로 지나갔다. 영상은 이모 댁 계단에 서서 울고 있는 나의 모습에서 멈췄다.

"오늘부터, 오늘…… 오……."

눈물을 참으려고 하니 입을 열 수가 없었고, 입을 열어 말을 하려고 하니 눈물이 흘렀다.

"이…… 모……, 이…… 모…… 이……, 살…… 살…… 아…… 야……."

나는 입을 여는 것을 택하고 눈물을 막는 것을 포기하였지만 둘 모두 영향을 받기는 마찬가지였다. "오늘부터 이모네서 살아야 합니다." 이 한마디를 말하는 것이 왜 이렇게 힘든지.

담임 선생님께서는 나를 보더니 밖으로 나가자고 하셨다.

교무실 앞 창가에 섰다. 선생님과 창 밖을 보면서 옆으로 나란히 섰다. 선생님께서는 왼손을 내 머리 위에 얹으시고는 손에 힘을 주었다.

"관석아, 지금 네가 힘들겠지만 누구나 거쳐야 할 터널 속에 있다고 생각하렴. 터널 속에서 보이는 출구는 아주 작고 멀어 보이지만 그곳을 벗어나면 세상 전체가 언제 그랬냐는 듯 밝 아지는 것처럼 관석이에게도 그런 날이 반드시 올 것이고, 그 때가 돼서 뒤를 돌아보면 지나온 터널은 하찮은 구멍으로 남 을 거야."

'모두가 저처럼 이런 생활을 하는 건가요? 그럼 우리나라가 이상한 것이 아닌가요? 정말 저에게도 빛이 내리는 날이 올까 요?'

묻고 싶은 말들이 들끓었다.

"네……."

담임 선생님께 인사하고 돌아서려는데, 선생님께서 물으셨 다.

"관석아, 내일은 올 수 있니?"

작년에 받았던 질문이었다.

나는 끄덕이며 작년과는 달리 자신있게 말했다.

"그럼요."

발걸음은 이모 댁을 거부하고 사당동 집으로 향했다. 마지막으로, 이번에 정말 마지막으로 보고 잊어야지.

버스를 타고 횡단보도 옆 편의점에서 내렸다. 지금의 악운을 안겨준 것은 이 횡단보도였다. 어머니의 피가 덜 씻겨나가 있었다. 어머니에게 받은 남은 돈 7,600원.

학교에 등교하는 이 시간대이면 검은 양복의 남자들은 없을 줄 알았다.

큰길에서 오른쪽으로 꺾어 내려가는데 대문 앞에 아줌마 몇 명이 서 있었다. 심장이 멈추는가 싶더니 요란한 소리를 내며 뛰기 시작했다. 나는 순간적으로 착시 현상을 일으켜서 작년 수능 전날 대문 앞에 모여 있던 아줌마들의 얼굴로 보였다. 눈 앞에 어지럼증이 나타났다.

"관석아, 어떻게 된 거니?"

어머니가 병원에 입원하고 있을 때 사귀었던 같은 병실에 있던 아줌마였다. 마음을 진정시키고 자세히 보니 모두 병원에서 알게 된 아줌마들이었다.

"오늘부터 누나와 이모네서 살아야 돼요."

아줌마들의 걱정스런 눈빛과 쏟아지는 질문들을 무시하고 집으로 들어가려고 현관문 앞에 섰다. 현관문은 열려 있었고 집 안에서는 부서지는 소리가 들려왔다.

“누구세요?”

주객이 전도되어 집 안에 대고 소리쳤다.

“어허 아들네미 오셨구만. 마침 잘 걸렸다.”

앞이 키쟁이처럼 나온 검은 구두를 뚜벅거리며 내 앞에 나타난 남자는 검은 양복을 입고 있었다.

덥석. 내 몸의 갑절이나 되어 보이는 검은 양복을 입은 남자는 욕을 침에 실어 땅바닥에 뱉더니 내 멱살을 잡고 위로 들어올렸다. 단추 하나가 떨어져나가면서 들려지는 몸이 잠시 아래로 흔들리다가 중심을 잡았다. 발바닥이 지면에서 멀어지면서 나의 몸무게가 중력을 받아 목을 졸랐다. 눈앞이 노래지면서 얼굴의 혈관들이 부풀어오르는 것을 느꼈다. 숨을 공급받지 못하는 심장들이 쿵쾅거렸다.

“야, 이 새끼야! 똑바로 잘 들어. 지금부터 거짓말하면 넌 이대로 죽는 거다. 알았어?”

“……”

“니 엄마, 어디로 도망쳤어?”

“모…… 몰라…… 요.”

“이 자식이! 한번 죽어볼래? 포대 자루에 싸서 돌에 묶어 한강에 던져버린다. 그럼 너는 소리도 없이 물에 빠져 죽어가는 거야.”

“정말…… 모…… 른……”

병원 아줌마들을 보고 진정시켰던 심장들이 한계에 미쳤

다. 이 이상 숨을 멈추고 정상적인 사고와 대답을 하기에는 무리였다. 눈을 깜박이는 순간에 머리 너머로 한 장면이 포착되었다.

대여섯 명의 검은 무리들이 가구들을 부수며 온 집안을 뒤지고 있었다. 산만하기 이를 데 없으면서도 조화를 이루는 그들의 모습은 시체를 찾아 날아온 까마귀들의 모습이었다.

현관문에서 보이는 누나 방의 침대는 한쪽 다리가 부러져 있고, 책들은 주인에게 배운 절개를 지키지 못하고 속내용을 버젓이 보이며 뒹굴었고, 누나의 옷은 갈기갈기 찢어져 여기저기 걸쳐져 있었다. 그리고 이 모든 것을 하얀 종이들이 덮고 있었다.

누나 방에만 보이는 여섯 명의 남자들. 망막에 찍힌 이 한 장면이 지금까지 지워지지 않는다. 머리가 터질 것만 같았다. 검은 눈동자가 위로 말려 올라갔다.

"아저씨, 애 잡고 뭐 하는 거예요? 어머, 죽으려고 하네. 빨리 놔줘요. 애는 지 엄마가 버리고 가서 오늘부터 이모네서 살아야 한대요."

병원 아줌마들이 팔을 치며 매달린 뒤에야 멱살을 잡고 있던 손이 풀렸다. 목에 굵은 주름이 잡혔다. 숨이 말라 있는 폐로 들어가면서 기침이 나왔다. 다리가 후들거리며 중심을 잃고 넘어져서 계단으로 굴러 떨어졌다.

오늘 여기에서 죽기에는 억울하였다. 살고 싶었다. 아니 살아야 했다. 세상을 떳떳하게 살아가고 싶었다. 하다 못해 방금 전 담임 선생님과 했던 약속이라도 지켜야 했다. 나는 숨을 들이마셨다. 처음에는 폐가 거부를 하며 뱉어냈다. 죽는 것이 아닌가 싶었다. 그러면서도 나는 계속해서 숨을 들이마셨다. 조금씩 호흡을 되찾아갔다. 이제는 남의 집이 되어버린 벽에 몸을 잠시 기대었다. 몰려오는 숨을 쉬었다. 서울의 공기가 이렇게 상쾌했었나? 공기는 나오는 것 없이 거친 숨소리와 함께 쉼없이 빨려들어갔다.

"관석아, 너는 빨리 이모네 가봐. 여기 있다가 다른 사람들까지 오면 큰일나겠다."

사당역에 비틀거리며 도착하였다. 이곳까지 어떻게 걸어왔는지 기억나지 않았다. 32번 사물함을 열고 쇼핑백 세 개를 꺼내면서 손의 감촉이 되살아났고 동시에 감정들이 느껴졌다. 풀려 있던 눈동자가 제자리로 모이면서 눈 밑에 눈물이 맺혔다.

'이것이 현실인가? 그 동안 살아온 것은 무엇이지? 달라진 점은 엄마가 없다는 것뿐이다. 그럼 어머니는 이제껏 우리들을 막아준 것이란 말인가! 달라져야 한다. 이것이 사회의 현실이라면 물러터진 정신을 고쳐야 한다. 누나를 지킬 수 있는 사람은 나뿐이다.'

어머니의 허물을 벗지 않으면 살아갈 수 없다는 굳은 의지를 나타내는 눈물이 신발 위로 떨어졌다.

*

"관석아, 누나 아직도 안 왔어. 과외하는 곳에서 두시쯤 출발한다고 전화 왔는데, 그 뒤로 연락이 끊겼어."

문을 닫기도 전에 이모가 달려왔다.

"지금 몇 시야, 이모?"

"여덟시."

전화가 빗발쳤다. 이모는 누군지 안다는 얼굴로 전화를 받았다. 모두가 검은 양복의 남자들이었다. 이모 댁 전화번호를 어떻게 알았는지 용했다.

"모른다니까요."

"정말 몰라요."

"애 엄마가 저희한테 애만 맡기고 갔어요."

"지금까지 연락도 없어요."

이모는 견디다 못해 울음을 터뜨렸다. 방조제의 둑을 막다 막다 결국엔 지쳐 터져버린 것처럼 이모의 눈물은 나에게는 죄책감으로 왔다.

"관석아 나보고 뭐 같은 년이래. 지금 집으로 쳐들어온다는데 어떡하지?"

서늘한 느낌이 온몸에 소름을 돋게 하였다. 어두워진 창문으로 뛰어가 창 밖을 보았다. 가슴이 철렁거리며 내려앉았다. 나를 뒤따라온 검은 양복의 남자 두 명이 차 안에 앉아 담배를 피우고 있었다. 인상착의를 확인하려고 얼굴을 가까이 하는데 운전석에 있던 한 남자와 눈이 마주쳤다. 순간적으로 몸이 경직되어 자신의 죽음을 아는 개처럼 가만히 있었다.

이모는 내 옆에 와서 그들을 보더니 경찰을 불렀고, 검은 양복을 입은 남자들이 탄 차는 곧바로 출동한 경찰들에 의해서 쫓겨났다.

한창 전화를 받던 이모가 수화기에 힘을 실어 내려놓더니 짜증을 냈다.

"네 엄마는 일처리를 어떻게 했길래 이러니?"

이모의 말이 비수가 되어 가슴을 찔렀다. 그렇게 가까웠던 작은이모도 결국 이런 말을 하였다. 작은이모 댁도 언젠가 우리를 떠날 것이라는 생각이 들었다.

'이모네도 살 곳이 못 돼.'

때마침 전화가 왔다. '여보세요'라는 인사도 생략하고 받은 이모는 전화기를 나에게 돌렸다.

"관석아, 엄마야!"

'엄마야'라는 소리에 굵은 눈물들이 구슬 줄기를 이루며 흘러내렸다. 이제는 울지 않겠다고, 잊겠다고, 보내주겠다고, 어머니는 우리를 버렸다고 마음속으로 정리했었다. 그러나 어머

니, 엄마라는 단어가 무엇이길래 들을 때마다 이렇게 내 마음
을 흔들어놓을까! 나의 의지를 이토록 쉽게 무너뜨릴 수 있는
것일까!

"어…… 엄…… 마?"

"……."

훌쩍거리는 소리가 전화기를 타고 전도되어 어머니에게 닿
았는지 어머니의 훌쩍거리는 소리밖에 들리지 않았다.

"여…… 여보세요? 어…… 엄마? 말 좀 해봐."

"관석아, 엄마야. 몸은 괜찮니?"

"응, 아무 일도 없었어. 여기는 걱정하지 마. 엄마는?"

"응, 엄마도 그럭저럭 살고 있어."

"관석아, 거기서 못 살겠지?"

"응……."

"하숙할래? 엄마가 내일 하숙집 알아봐줄게."

"엄마 돈 없잖아."

"그런 걱정은 하지 마. 엄마가 못 하는 거 봤니? 알아서 할
게. 오늘 하루만 이모네서 잘래?"

"아니, 사당동 가서 잘 거야. 이모네한테 너무 미안해."

"거기 지금 아무도 없고 난장판이어서 무서울 텐데. 괜찮
아?"

"응…… 여기서 자는 것보다 나을 것 같아."

이모가 말렸지만 뿌리치고 142번 막차에 올라 서울역에서
또다시 막차로 갈아타고 사당동으로 갔다. 남은 돈 5,300원.
하루 동안 아무것도 받아들이지 못한 위를 달래느라 빵 하나
를 사서 버스에서 뜯었다. 흘러내리는 빵가루들이 바닥에 떨
어졌다. 굴러다니는 빵가루들을 신발로 밟으며 나를 째려보는
내 또래의 애들—일명 양아치라 부르는—이 나를 더러운 개
보듯 쳐다보고 있었다.

*

사당동 집에는 불이 꺼져 있었다. 주위를 두리번거리며 검
은 양복을 찾았다.
스위치를 눌렀지만 환해지지 않았다. 전기가 차단되어 있었
다. 자정이 넘은 시각에 이웃집 문을 두드릴 수도 없었다.
기억을 되살려 양초를 찾았다. 한치 앞도 보이지 않는 암흑
의 공간 속에서 손을 더듬거리며 양초 두 개를 꺼내 가스레인
지를 켰지만 불은 들어오지 않았다.
양초를 꺼낸 서랍으로 가서 라이터를 꺼내 불을 지폈다. 나
는 촛불 하나를 들어 집안 이곳저곳을 비춰보았다.
집안은 태풍이 쓸고 지나간 것처럼 난장판이었다. 네 개의
장롱 문은 활짝 열려 있었고, 책들은 위아래가 거꾸로 되어 꽂

216

혀 있고, 서랍의 내용물들은 바닥에 널려 있었다. 어머니의 옷
도 낮에 누나 방에서 본 옷처럼 찢어져 방구석에 널려 있었다.
나는 책상 위에 흩어져 있는 물건들을 한쪽으로 밀어내고, 날
아다니는 종이 한 장을 집어 펜을 들었다.

세상을 미련 없이 살고 싶었다. 누군가 나를 위해 울어줄
수 있는 날까지 세상 모든 이들에게 웃음을 주고 싶었고 도
움을 주고 싶었다.
나는 후회 없이 살고 싶었다. 내일 내가 없어지더라도 내
웃는 얼굴을 머릿속에 떠올리며 눈물 한 방울을 흘려줄…….
몸 안의 세포들은 지금도 운동을 하며 나를 살려보려고
하지만, 마음은 그렇지가 못하다. 내가 살아온 이유는 무엇
이었을까? 어렸을 적에 풍족하게 쓰던 한푼 한푼이 오늘따
라 그립다.
어제 그냥 흘려버린 사람들의 한마디가 떠오른다.
하염없이 타오르며 울고 있는 두 개의 촛불만이라도 내
마음을 알아주기를 바란다.
나는 새벽에 이는 안개덩이도 검은 바람도 막지 못했다.
하늘은 온 세상을 품에 안고
땅은 하늘을 떠받치며
나는 그들을 존경하며 그들처럼 살려고 이날까지 뛰어왔
다.

눈물 흘려온 날만큼 웃을 날도 올 줄 알고 기다려왔다.

나에게 주어진 길, 내가 걸어온 길, 그리고 앞으로 걸어가야 할 길이 이렇게도 힘들 줄은 몰랐다. 나는 마지막 한 방울의 눈물로써 노여움을 삭이려 한다.

이제 자리로 돌아가 눈을 감아야 한다. 아침의 싱그러움을 맛보길 빌며…… .

한 장의 유서 같은 글을 남기고 자리에서 일어나 서랍에 있는 앨범을 꺼냈다. 수북이 쌓여 있는 앨범 중에 하나를 열었다. 손을 얹고는 한 장씩 뜯어내서 종이상자에 담았다. 다 들고 가기에는 무겁지만 없어서는 안 될 것 같았다. 나의 옛 추억을 버리기에는 삶의 대가가 너무 쌌다.

사진 한장 한장은 옛 생각에 잠기게 하였고 두 권째에 접어들었을 때에는 쏟아지는 잠에 못 이겨 뜯는 작업을 그만두었다. 침대에 누워서 눈을 감았다.

자다가

첫번째는 잠이 오지 않아서 깼고,

두 번째는 잠을 자면 얼마 남지 않은 내일 아침의 빛을 보지 못할 것 같아서 깼고,

세 번째는 차용증들이 나를 덮어서 죽이려고 하여 깼고,

네 번째는 문을 열고 들어오는 검은 양복 남자들의 손에 쥐

218

어 있는 칼 한 자루에 깼고,

　다섯 번째는 멀어지는 어머니의 모습에 깼고,

　여섯 번째는 학교에 가기 위해서 깼다.

　세 시간 동안 여섯 번 깨면서 잤지만 머리는 이상하리만큼 맑았다. 이제 꿈이라고 기대하는 행동은 하지 않았고 바라지도 않았다.

　눈을 향해 내리쬐는 아침 햇빛에 눈물이 맺혔다.

　내가 지금 살아 있다는 것이 이렇게나 신기하고 감동스러울 수가 없었다. 이것이 사는 이유인가 보다. 이것이 한 사람이 짊어지고 가는 생명의 가치인가 보다. 아침마다 창문을 두드리는 태양이 고귀하다는 것을 오늘에서야 깨달았다.

*

　학교에서 연락을 받고 사당동 옛 집으로 뛰어갔다. 골목을 꺾어 내려가는데 낚시복 조끼를 입은 한 아저씨가 나의 팔뚝을 잡더니 어느 빌딩 계단으로 끌고 갔다.

　“학생 누나 이름이 최민영이지?”

　“…… 네…… 그런데…….”

　“나는 학생이 앞으로 살게 될 하숙집 주인 아저씨야. 학생

219

엄마가 사채업자들 눈에 안 띄게 오라고 해서 왔는데 벌써 진을 치고 있네. 이 정도일 줄 몰랐어. 내가 저기다 트럭 세워놓았으니까 빨리 짐 실어."

빌딩에서 혼자 나와 다시 골목으로 꺾어 내려가려니까 누나가 이불을 어깨에 메고 올라오고 있었다.

"관석아, 너도 빨리 짐 실어. 다른 사람들 오기 전에 가야 하니까 꼭 필요한 것만 가지고 와. 벌써 한 군데에서는 와 있어."

집으로 뛰어들어가니 검은 양복을 입은 세 남자가 뒤집혀진 집 안을 다시 뒤지고 있었다. 그나마 행동이 느려 오늘 온 사람들인 것 같았다. 나는 챙기지 못한 나머지 문제집과 옷을 들고 트럭에 실었다. 다음에는 한 손에는 이불을 들었는데, 다른 한 손에는 어머니 옷을 가져가야 할지 고민이 되었다.

결국에는 이불만을 실었다. 이웃집의 신고로 경찰이 오고 검은 양복의 남자들은 돈 빌리고 도망간다며 경찰에게 하소연했다.

트럭 옆에서 누나가 멱살을 잡히며 흔들리고 있었다. 집 안에 있는 세 사람의 대장격인 그 남자는 누나를 보며 화를 내었다.

"이것들이 도망만 다니고 이번에는 어디로 가는 거야?"

그 목소리는 상도동에 있을 때 매일 욕으로 도배질하던 사람 중 한 명의 목소리였다.

옆에서 구경하고 있는 하숙집 아저씨. 감정 없는 눈빛으로 쳐다보고 지나가는 사람들.

나는 이제 소심한 성격을 버리기로 결심했다. 내게는 누나를 지켜야 할 의무가 있었다.

누나 멱살에 있는 손을 쳐서 일단, 두 사람의 간격을 띄워놓은 다음, 누나를 내 뒤로 숨기고 그 사람을 노려보며 말했다.

"왜 우리 누나한테 이러는 거예요? 우리 누나가 돈 빌렸어요?"

그 사람은 어린애한테 당한 것이 황당했는지 눈을 크게 뜨며 입술을 씰룩거렸다.

"누나, 차에 타고 먼저 가 있어. 나는 학교에 갔다 갈 테니까. 아저씨 저희 학교 앞에서 좀 세워주세요."

누나와 차를 타고 가면서 나는 실실 웃었다. 얼굴에서 미소가 떠나지를 않았다. 옆에서 누나가 걱정된다는 듯 물었다.

"야! 왜 웃어? 미친 거야?"

"아니, 지금 깨달은 건데, 이제부터 이 일들을 즐기기로 했어. 그러지 않고서는 못 견디고 돌아버릴 것 같아. 즐기는 것이 가장 좋을 것 같아. 하나의 게임으로 생각하는 거지. 내가 왜 이런 생각을 여태껏 못했을까?"

누나는 내가 하는 말들을 이해 못했는지 여전히 걱정스러운 듯이 쳐다보며 고개를 흔들었다.

누나를 하숙집으로 혼자 보내고 학교 매점에 갔다. 배를 채우려고 친구들과 빵을 한입 베어먹는데 어깨 위로 손 하나가 무거운 무게를 싣고 올라왔다.

"학생이 최관석이지?"

검은 양복. 아찔하였다. 그 동안의 학교의 마법이 깨지면서 이제 학교마저도 편안하게 있을 수 없는 공간이 되어버리는 순간이었다.

"이리 좀 와봐. 같이 좀 가야겠어."

나는 그들에게 목 위의 칼라를 붙잡혀 끌려갔다. 아이들이 나를 쳐다보며 주변에 몰렸다.

주차되어 있는 두 대의 대형차에 타려는데 담임 선생님께서 오셨다.

"관석아, 이리 와. 너는 들어가 있어. 선생님이 말할 때까지 나오지 말고 있어."

나는 교무실 창을 통해 담임 선생님이 검은 양복과 얘기를 나누시는 모습을 보면서 쓸어 내려갔던 가슴을 올리고 있었다. 다리는 아직도 떨리고 있었다. 담임 선생님께서는 학교에는 찾아오지 말라며 그들을 돌려보내셨다.

담임 선생님께 고개를 숙여 인사를 드리고 교실로 올라가려는데, 이번에는 다른 사람이 나를 보며 손을 눈 높이로 올리고는 검지를 앞뒤로 까닥이며 불렀다. 검은 양복.

"어머니, 어디 갔는지 모르지?"

그 사람의 첫 질문에 나는 상대에 대해서 파악이 되었다. 강하게 나가자.

"모르는데요. 저 오늘부터 이모네서 살아야 해요."

"이 아저씨는 어머니와 친했었거든. 그러니까 어머니와 연락되거든 제일 먼저 연락 부탁드린다고 전해줘."

"알았으니까 학교에는 찾아오지 마세요."

방과후에 친구들과 교문을 나서는데 학교 앞 육교 위에 누가 서서 손가락을 끄덕이고 있었다. 물론 검은 양복에 둘째 손가락이었고 나를 보고 있었다. 육교 위에 있는 모습이 얼마나 섬뜩하였는지 잘못하면 다리가 풀려 넘어질 뻔했다.

사채업자들의 성격에는 세 가지가 있는데, 하나는 협박과 공갈형으로 사람을 잡아다가 혼내주겠다는 듯이 나타나며, 둘은 정에 호소하는 형으로 어머니와 친했다면서 동정을 사는 등의 방법을 쓴다. 셋은 멀리서 보고 질문만 하고 가는 형이다.

약도를 보며 하숙집을 찾아 들어가니 짐 정리는 다 되어 있었고, 누나는 책상에 엎드려 울고 있었다.

"누나, 왜 울어? 하숙집이 마음에 안 들어?"

"관석아, 아까 나와 주인 아저씨 둘이서 짐을 다 옮기고 학교에 가려는데 수십 명이 나를 둘러싸면서 툭툭 치는 거야. 다행히 누군가의 신고로 경찰이 와서 풀려나 학교에 갔지만, 학교에서는 다른 남자가 와서 나의 멱살을 잡고 흔들며 얼굴에 침을 뱉은 거야. 그 사람 많은 학교에서…… 같은 학과 친구가 나서서 막아주었지만 학생들에게 둘러싸여 있는데 얼굴에 남의 침이 흐르는 기분을 느껴봤어? 얼마…… 얼마나…….”

"정말이야?”

"…….”

감정에 억눌린 누나는 끝내 울음을 터뜨렸다.

"누나, 미안해…….”

하숙집에서 조용히 빠져나와 근처에 있는 공원에 가서 소리를 질렀다.

"으아아아아!”

욕을 내뱉었다.

"젠장, 왜 이렇게 살아야 하냐고? 왜! 우리가 무엇을 잘못했기에 왜 이러냐고!”

이제는 정말 화가 났다. 더 이상 당하고만 살기 싫었다.

속에서 뜨거운 것이 끓으며 치밀어 올라왔다. 막말로 손에 무엇을 들고 사채업자 사무실로 쳐들어가고 싶은 충동이 솟구쳤다. 그러나 나는 억한 감정을 눌렀다. 그런 짓은 결국 겨우 버텨온 우리 세 식구에게 파탄을 가져올 것이 분명하였다. 내가 잘되어서, 누나가 이름을 날려서 그들 앞에 보란 듯이 어깨를 으쓱거리며 나타나는 것이 제일 좋은 복수라고 생각했다.

그렇지만 이번에도 정작 누나가 필요할 때에는 곁에 있어주지 못한 동생이 되었다.

오늘부터 누나와 하숙을 해야 했다. 나는 남자라서 그다지 불편하지 않을 것 같지만 누나는 달랐다. 장롱에서 겨우 꺼내온 얇은 이불 한 장을 덮고 자는 누나가 안쓰러웠다.

누나가 자면 책상은 나의 몫이었다. 나는 누나가 자는지 확인하고서 펜을 들었다. 내가 지금 처한 상황과 한순간, 그리고 또 한순간…… 살아 있다는 것만으로도 안심해야 할 이 순간을 놓치고 싶지 않았다. 그래서 새벽이면 누나 몰래 일어나 펜을 들고 나의 이야기를 쓰기 시작했다.

*

하숙집에서의 생활은 재미있었다. 학교에 갈 때나 학교에서 올 때면 언제나 긴 구간을 혼자서 다녀야 했고, 넓은 하숙집의 공기를 데우는 것은 항상 내가 먼저였지만, 저녁이 오면 형과 누나들로 하숙집은 떠들썩하였다.

식사시간이 되면 부엌으로 가서 큰 접시 하나를 빼들고 싱크대 위에 있는 열 가지 이상의 반찬 중 자신이 원하는 것을 담아 먹는다. 맛있는 반찬이 나오면 잔잔하게 깔린 국물만 남

225

아 있는 경우도 있다. 반찬을 담고 수저를 뽑으면 소리를 듣고 주인 아줌마께서 나오셔서 국을 담아주시고는 들어가신다.

내가 이 하숙집으로 오면서 최초의 고등학생이라는 최연소 기록을 세웠다. 형과 누나들은 처음에는 신기해하다가 시간이 지나면서 친동생처럼 잘 대해주었고, 나는 하숙집의 마스코트가 될 정도로 인기인이 되었다.

하숙집에서는 누가 들어오고 나갈 때나 생일이면 조촐하게 파티를 열었고, 파티가 새벽에 끝나면 오락실에 가서 춤추는 기계로 경연대회를 열곤 했다. 새벽에 이들에게 이끌려 오락실에 갈 때에는 고등학생이라는 것을 속이기 위해 머리에 모자를 눌러쓰고 가야 했다.

모두가 쟁쟁한 학교에 학과이고 미래에 대한 전망까지 단단하게 가지고 있어 나에게 그들의 모습은 교훈으로 다가왔다. 나는 그들에게서 배움을 목적으로 하는 진지한 학생의 모습을 보았고 그들처럼 해보려고 노력했다.

어쩌다 열리는 파티에서 처음 보는 얼굴이 나타나면 같은 집에 사는 사람이 맞냐며 서로 놀랄 정도로 공부에 파묻혀 사는 사람들이었다.

주인 아줌마께서는 나 때문에 새벽에 일어나셨다. 아침에 주인 아줌마께서는 내 방문을 두드리면서 나를 깨우신다. 공용화장실로 가서 머리를 감고 학교 갈 준비를 하고 나오면, 식탁 위에는 김이 솟아오르는 국 한 그릇이 올라와 있다.

새벽에 과외를 끝내고 오는 누나는 정해진 저녁시간을 놓쳐서 굶을 때가 허다했다. 나는 그런 누나를 위해 반찬을 몰래 가져와 남겨놓을 때가 종종 있었다. 어머니가 없어지자 검은 양복의 남자들은 누나에게 몰렸고, 누나는 한 달 과외비로 사채 이자와, 하숙비, 내 용돈을 주는 것도 모자라 협박에 시달려야 했다.

누나가 갚아야 하는 이유는 그 돈의 일부분이 우리 뱃속으로 들어갔다는 것이다. 아침에 일어나 가위에 눌려 땀을 흘리는 누나와 지금 어딘가에서 떠돌아다니며 고생하는 어머니의 모습이 눈가에 눈물을 고이게 하면서 가슴을 찢는다.

*

무리 속에서 혼자 빠져나와 지하철을 타고 하숙집에 도착한다. 하숙집의 썰렁한 분위기는 나를 몰아내려 안달한다. 하숙집을 나와 오락실에 가서 두들겨보지만 이것도 나의 마음을 채우기에는 부족하다.

누나가 다니는 연세대학교는 연고전 기간이어서 떠들썩하다. 나는 심심하면 연대 캠퍼스에 가곤 했다. 그러나 이 기간에는 가지 않는 것이 좋다. 거리마다 빼곡이 걸린 현수막들이 하늘을 메우고 벌써부터 흥에 취한 학생들은 비틀거리며 춤을

춘다. 춤인지는 자세히 모르겠지만.

"빨리 나와봐."

거리마다 가로등이 켜졌다. 오늘따라 유달리 밝았다. 신촌을 뚫는 도로는 차단되었고, 그 위에는 학생들이 빙 둘러앉아 술집에서 내놓은 공짜 술로 술판을 벌였다. 거리는 물론이고 도로까지 사람들이 북적거려 통행 방향이 없어진 지 오래다. 그러나 누구 하나 이들을 욕하는 사람은 없었다.

연세대와 고려대 학생들이 하나가 되는 유일한 날이다. 연대생이 호랑이 깃발을 잡고 고대생이 독수리 깃발을 잡고.

와아아아아!

음악이 터지면서 사람들이 위로 손을 흔들어대며 함성을 지른다. 시작이다. 도로 한가운데 설치된 간이무대에서 춤을 추고 주위는 학생들이 둘러싸 열광한다. 연대·고대인이 섞여 긴 꼬리를 만들고 신촌을 돌아다닌다.

"거기도 이리 와서 허리 잡고 두 바퀴만 돌죠."

술에 취한 한 사람이 나를 부른다. 손을 저으며 거절한다. 이미 나의 넋을 빼놓기에 충분하였다. 전율이 온몸을 감싼다. 나의 마음을 흔들면서 흥분시킨다.

"대단하지? 이게 대학교야. 고등학교와는 댈 게 아니지?"

누나가 나를 보며 말했다. 누나 역시 흥분에 차 있었다.

"대단해……."

"관석아, 너도 우리 학교로 왔으면 좋겠다. 그래서 같이 다니자."

"응……."

누나와의 약속이 한 가지 더 늘었다. 매주 일요일이면 누나 선배의 학생증을 빌려 연세대 도서관에서 누나와 공부를 하였다. 아무도 내가 고등학생이란 것을 눈치채지 못하는 것 같았다.

*

아침에 눈을 뜨니, 내가 입을 벌리고 잠을 자고 있었다. 바싹 말라버린 입 안을 적시려고 침을 겨우 모아서 삼키려고 하였다.

꾸울~

목젖을 땡기는 '껵' 소리가 나지 않았다. 침 한 방울이 목을 녹이는 듯한 고통을 가져와서 삼킬 수가 없었다.

편도선이 부었다. 학교에 가는 동안 편도선염이 아니기를 바랐고, 학교에서 공부하는 동안, 집으로 오는 동안 빨리 가라앉기를 바랐다.

그러나 무식하리만큼 편도선은 부어올랐고, 참았던 시간은 내게 고통으로 다가왔다.

목에 목도리를 두르고 아이스크림을 사먹었다. 그러나 더욱 부었다. 매운 김치를 씹지 않고 삼켜보았다. 그러나 더욱더 부어올랐다.

약국 문이 닫을 시간이 되었을 즈음, 옷을 챙겨 입고 거리로 나왔다. 하숙집을 나오자마자 밤을 알리는 신촌의 번쩍거리는 간판들이 눈을 부시게 하였다.

약국 문 앞까지 갔다. 만원짜리 지폐 한 장이 손 안에서 움찔거렸다.

'참아볼까?'

머뭇거렸다. 그때 내 옆으로 구급차 한 대가 요란한 소리를 지르며 지나갔다. 구급차가 온 길을 보았다. 약국 옆에 있는 공원에 사람들이 모여 있었다. 만원을 주머니에 넣고 웅성거리는 공원으로 갔다. 유흥가 한복판에 어울리지 않게 자리잡은 공원. 공원 이름도 없었다. 공원의 역할을 한다기보다는 밤이면 젊은이들의 연애 장소로 이용되고 있었다. 시험기간이면 새벽에 잠을 깨보려고 문제집 한 권을 들고 나와서 공부하던 장소이다.

흩어지고 있는 사람들의 뒤를 쫓아 공원에서 나와 약국에 갔지만, 그 사이 약국 문은 잠겨 있었다.

다음날 밤. 누나가 방으로 뛰어들어오더니 나를 보며 말했다.

"관석아, 너 이제 밤에 나가지 마."

"왜?"

"어젯밤에 대학생 한 명이 칼에 찔려 죽었대."

"그런데 왜? 우리랑 무슨 상관 있어?"

누나가 황당하다는 듯이 눈을 크게 떴다.

"그런데 왜라니? 상관없으니까 문제지. 아무 이유 없이 지나가는 모르는 사람 찌르고 도망갔대. 범인이 누군지도 몰라."

*

검은 양복을 입은 남자들이 하숙집을 쑥대밭으로 만들었다. 조용하던 하숙집이 누나와 나 때문에 찾아온 사람들로 웅성거렸다. 검은 양복을 입은 남자들은 하숙집 아저씨와 입구에서 실랑이를 벌였다. 소동이 일어났다. 검은 양복을 입은 남자들이 하숙집 문을 박차고 들어오려고 하였다. 하숙집 아저씨는 들어오면 주거침입죄로 경찰에 신고하겠다며 전화기를 들었다.

하숙집 식구들이 하나 둘씩 나왔다. 사람들이 몰리니까 검은 양복을 입은 남자들은 돌아갔다. 대문을 발로 한번 세게 걸어차고.

누나와 나는 방 안에 있었다. 열두 개의 방문 중 유일하게 우리 방만 닫혀 있었다.

벽에 등을 기대고 무릎을 가슴까지 당기고 쭈그리고 앉았다. 누나도 반대편 벽에서 마찬가지로 앉아 있었다. 턱을 무릎 위에 올려놓고 바닥을 응시하였다.

누나가 나에게 나가보라고 눈짓하였다. 나는 누나의 눈을 가만히 쳐다보다가 일어섰다. 방문 쪽으로 다가가 손잡이를 잡으려는데, 누군가 우리 방문을 두드렸다.

"누구세요?"

"옆방에 사는 아줌마인데 문 좀 열어줄래?"

흰색 티에 갈색 반바지를 입은 아줌마가 방 안에 들어왔다. 아줌마라고 부르기에는 미안하고 아가씨라고 부르기에는 어색할 정도의 나이였다.

"학생들 둘이 산다고 주인 아주머니께 들었어. 사연도 다 들었고."

"네……."

"아줌마도 어렸을 때 힘들었거든. 학생들이 너무 대견하더라. 그래서 도와주고 싶어."

누나와 나는 고개를 계속 숙이고 있었다.

"형편상 큰 도움은 못 주겠지만 참고서 값이라도 보태주고 싶어."

흰 봉투가 누나 앞에 놓여졌다.

누나가 봉투를 보더니 고개를 들고 아줌마를 바라보았다.

"아니에요. 저희는……."

"괜찮으니까 받아. 많지도 않아. 아줌마는 너희가 얼마나 힘든지 다 알아. 부모님도 같이 안 계시고. 그러니까 부담 갖지 말고 받아. 나중에 힘든 애들 있으면 도와주는 것이 갚는 거야."

메모지 하나가 흰 봉투 옆에 놓였다.

봉투만큼 하얀 메모지에는 그 아줌마의 이름과 핸드폰 번호가 써 있었다.

"도움이 필요할 때 전화해요."

"감…… 사합니다."

누나는 작은 목소리로 말했다.

아줌마는 일어서려다 다시 앉더니 우리의 손을 잡았다.

"학생들 힘들어도 힘내요. 지금은 비록 앞이 보이지 않겠지만…… 그 집안에 공부하는 학생들이 있다는 것만으로도 희망이 존재한다고 생각해요."

마지막 말이 가슴에 와닿았다. 아줌마가 가고 나서도 누나와 나는 흰 봉투와 메모지를 보면서 아무 말도 하지 않고 조용히 앉아 있었다. 남의 친절을 받기가 낯설어서인지 선뜻 봉투에 손이 가지 않았다.

흰 봉투. 예전에 L경찰서에서 보던 봉투와 같은 모양이었다.

메모지에 '박은숙'이라는 이름을 남기고 떠나간 한 아줌마가 뿌려준 작은 씨앗은 아직까지 누나와 나의 가슴속에서 자라고 있다.

*

"엄마한테 전화 왔어."

주인 아줌마께서 방문을 열고 말씀하셨다. 하숙집에 온 뒤
어머니에게서 처음으로 걸려온 전화였다.

"여보세요?"

"관석이니?"

"응."

"오늘 엄마와 만나자. 누나 집에 오면 얘기해서 지하철 타고
열한시까지 성신여대 앞으로 나와. 올 때 누가 쫓아오지는 않
는지 잘 보고."

목이 빠질 때쯤 되니까 누나가 집에 도착하였다.

"누나, 엄마한테 전화 왔었어."

"뭐? 정말? 뭐라는데?"

"오늘 만나자고 하는데."

삼십 분이 또다시 흘렀지만 어머니는 나타나지 않았다. 돌
아갈 지하철을 탈 마지막 기회도 지나갔다. 누나와 나는 하나
씩 불이 꺼져가는 가게들을 뛰어다니며 어머니를 찾았다.

"엄마가 안 오네."

"누나, 엄마 오늘 못 만나는 거 아냐? 집에 어떻게 가지?"

흐르는 땀을 어깨로 닦으면서 물었다.

"민영아! 관석아!"

소리가 들렸던 쪽으로 고개를 돌렸다. 틀림없는 어머니의 목소리였다. 그러나 횡단보도에도 버스정류장에도 길 어디에도 어머니는 없었다.

나는 갸웃거리며 귀를 후볐다. 환청은 아니었다. 아니면 그 정도도 구분 못할 정도로 정신이 허해졌을지도 모른다.

"왜?"

"아니, 엄마 목소리가 들린 것 같아서."

"민영아!"

목소리는 아까보다 훨씬 가까워졌다. 이번에는 누나의 고개도 돌아갔다.

"누나, 엄마 목소리 맞지?"

"관석아, 엄마 저기 있다. 가자."

누나의 손가락을 시작으로 가상의 선을 그으며 주욱 따라가 보니 버스에서 내리며 우리를 부르는 어머니의 얼굴과 마주쳤다. 어머니는 손을 흔들었다.

"엄마!"

오른쪽 다리를 절뚝거리며 가까스로 인도에 올라온 어머니는 누나와 나를 꼬옥 껴안았다. 어머니의 얼굴은 전보다 많이

야위어 있었다.

우리는 화려한 거리를 벗어나 어느 골목 구석진 모퉁이에 자리잡고 있는 다 쓰러져가는 고깃집에 들어갔다.

"엄마, 어디서 살고 있어?"

"가게에서 먹고 자고 있어."

"무슨 가게? 일하고 있어?"

"응, 식당에서 일하고 있어. 관석이가 이모네서 있을 때 엄마가 울면서 전화했잖아. 그때가 식당 앞이었는데 엄마 모습을 본 주인이 들어오라고 하더니 내 얘기를 들어보고 일을 시켜주더라."

서로간의 질문은 떨어졌던 시간만큼 끝을 모르고 이어졌다.

"너희들 하숙집으로 들어갈 때 엄마가 부모로서 꼭 가봤어야 했는데. 아직도 그게 마음에 걸려."

"올 수 있는 상황이 아니었잖아."

"요즘도 사람들 찾아오니?"

"응, 거의 매일. 어제도 그 무슨 실업에서 찾아왔었어."

"엄마 때문에 힘들겠구나."

"뭐가…… 다 우리 살려고 생활비를 빌려 쓴 것이 불어서 이렇게 된 거잖아."

석판 위에 타고 있는 고기들은 점차 갈색 빛깔을 내며 오그라들고 있었다. 좀처럼 꺼지지 않는 불꽃을 멍하니 바라보다 고깃집을 나왔다. 고깃집 앞에서 우리는 방향을 잃었다. 아니,

가야 할 집이 없었다. 서먹한 분위기가 흘렀다. 같이 한 자리에 누울 공간도 지금 우리에게는 없었다.

우리는 여관으로 가서 하룻밤을 묵었다. 밤이 오고 새벽이 와도 오고가는 이야기는 끊이지 않고 하나 있는 이불을 넘나들었다.

어머니와 우리는 어떠한 보이지 않는 실로 연결되었길래 헤어지지 못하는 걸까? 그러나 날은 밝아왔고, 언제 다시 만나리라는 약속도 할 수 없는 오랜 시간의 작별을 기해야 했다.

*

하숙집 생활에 들어선 지 두 달째에 접어들었다. 학교가 끝난 후 돌아와서 자고 있었다.

복도에서 전화가 울렸다. 어두운 복도를 울리는 전화벨 소리는 복도를 퉁기며 내 방에 도착했다.

"어머니 전화야."

어머니에게서 두 번째로 걸려온 전화였다. 놓치지 않으려고 머리맡에 있는 안경을 쓰고 복도로 달려나갔다. 수화기를 들으니 동전 내려가는 소리와 함께 어머니의 목소리가 들렸다.

"관석아, 엄마 가게 얻었으니까 내일 가게로 와봐. 2호선 타고……."

자다가 벼락을 맞은 것 같았다. 말도 안 되는 거짓말이었다. 어머니는 한 달에 80만원씩 받고 식당에서 일한다고 지난번에 들었다. 거기에다 사당동에서 나올 때 가지고 나온 50만원을 합친다 해도 백만원이 조금 넘을 뿐이었다. 그것도 하숙비에 생활비를 제하고 나면 한 자리 수일 것이다. 더구나 어머니는 신용불량자에 올라가 있어서 돈을 대출받을 수 없는 상태였다. 설령 사채를 빌려 쓴다 하더라도 그들만이 가지고 있는 정보망에 걸려들 수가 있었다.

*

수유리라는 낯선 땅에 올라왔다. 어머니가 전화로 일러준 대로 머릿속에 지도를 그리며 돌아다녀보았지만 쉽게 찾을 수 없었다.

사거리를 돌아 일렬로 늘어서 있는 가게들은 한 가게처럼 모두 비슷비슷하였다. '서원가정식백반'이라고 붙인 곳은 눈을 씻고 찾아봐도 없었다. 그렇게 정처 없이 내려가다보니 가로등 아래에서 나를 향해 손을 흔들고 있는 어머니의 모습이 보였다.

어머니 앞으로 뛰어갔다.

"어때?"

희망에 가득한 어머니가 얻은 가게는 붉은색 바탕에 가정식 백반이라는 글자를 내걸고 어머니마냥 당당하게 위풍을 드러내고 있었다.

가게는 식탁에서부터 수저까지 내일부터 장사를 시작해도 될 정도로 모든 것이 갖추어져 있었다.

"이런 가게를 어떻게 얻었어? 돈도 없잖아?"

"엄마가 계속 월급 팔십만원 타가며 살기에는 앞날이 막막하다 싶어 죽어 있는 가게들을 찾아다녔지. 마침 이곳을 발견해서 엄마가 주인을 만나서 해보겠다고 했어. 보증금에서 시설비까지 모두 깎고 차근차근 월세로 갚아나간다는 조건으로."

우리 어머니지만 입이 벌어질 정도로 이제는 질려버렸다. 궁한 상황에서도 하나하나 뭘 해야겠다는 생각이 떠오르는 어머니가 오늘따라 더욱 빛을 발했다.

내가 물었다.

"잘될 것 같아?"

"빚 받으러 오는 사람들도 없을 테니까 잘되겠지. 대신 엄마가 부탁하고 싶은 것은 엄마가 일어설 때까지만 너희들이 고생 좀 해줘. 당분간 누나 학교건 너희 학교건 빚쟁이서부터 사채업자들이 찾아올 거야."

가게는 신발을 벗고 바닥에 앉아서 먹는 곳과 의자에 앉아서 먹을 수 있는 곳이 구분되어 있었고, 테이블은 각각 세 개씩 놓여져 있었다. 마루 위에는 음식 재료들과 식기들이 놓여 있었다. 일부분은 포장이 뜯겨 있었다.

"관석아, 엄마 짐 정리하고 있었는데 좀 도와줄래?"

어머니는 오른손에 간장을 들고 조리실로 들어가더니 다시 나와서 이번에는 식초를 한 손에 들고 조리실로 들어갔다. 다른 한 손은 기울어지는 몸의 중심을 잡느라 바빴다.

나는 어머니를 도와 몇 개를 조리실로 옮겨놓다가 어머니의 뒷모습을 우연히 보았다.

가슴이 뭉클거렸다. 눈 밑이 뜨거워지더니 이내 눈물이 고였다. 또 한번 일어서려는 어머니에게 눈물을 보이지 않으려고 고개를 숙였다. 얼른 장면을 바꿔 시끌벅적한 교실 풍경을 떠올리려 하였으나, 이내 눈물 한 방울이 음식 재료 위로 떨어졌다.

"힘드니?"

엄마는 내가 가만히 서 있자 조심스레 물었다.

"응……."

"엄마가 미안하네. 학교 갔다 와서 힘들 텐데. 괜히 불러서."

야간 자율학습도 없어졌고 학교는 오후 3시에 끝나는데도 나는 대꾸했다.

"지금 피곤해서 미치겠어."

"엄마 조금만 더 도와줄래? 다리가 불편해서 그래. 엄마가 앉지를 못하잖니.”

고개를 숙인 채 말의 억양은 높아졌다.

“싫어. 그냥 집에 갈래. 이따가 누나 오면 하라고 해. 나 갈게.”

참기에는 늦었다. 그렁그렁 달려 있는 눈물들을 어머니에게 보이지 않으려고 어머니와 눈을 마주치지 않고 문을 열고 뛰어나왔다.

“그래, 가서 푹 쉬고. 잠깐 있어봐. 엄마가 용돈 좀 줄게.”

“됐어. 갈게…… 미안해. 피곤해서.”

뒤도 돌아보지 않고 지하철역을 향해 뛰어갔다.

밤늦게 돌아온 누나도 어머니의 그런 뒷모습을 보았는지 얼굴이 어두워져서 들어왔다.

짐 정리를 하던 누나가 열심히 굴리던 펜을 멈추고 손을 무릎 위에 올려놓더니 입을 열었다.

“오늘…… 엄마…… 너무…… 불쌍하더라.”

가느다란 목소리였지만 분명하게 귓속으로 전해졌다.

누나의 말이 이어졌다.

“그런 엄마 모습 때문이었을까? 괜히 짜증이 났어. 그 짜증이 집으로 오는 동안 눈물로 변하더라…….”

혼자 마루에 걸터앉아 하루분밖에 살 수 없어 아담하게 쌓여 있는 재료들을 정리하는 어머니의 모습이 눈에 선하다. 가장 보기 싫었고 가장 기억하고 싶은 장면이었다.

　누나는 시험 때마다 돌아가면서 쓰는 하나뿐인 책상에 앉아 공부를 하였다. 보통 때 책상은 누나의 몫이었다. 한참을 공부에 몰입하던 누나가 뒤를 돌아보았다.

　"관석아, 큰이모네 진천에 땅 사서 전원주택 지었대. 되게 잘 지었다는데. 연구소같이 지었대. 큰이모가 놀러 오라는데 갈래?"

　"글쎄…… 응, 가자. 꼭 가보는 거야."

　잠시 머뭇거린 후에 대답하였지만, 머뭇거릴 이유가 없었다.

2000 쓰러진 기둥들을 다듬으며

쓰러진 기둥들을 또 한번 다듬었다.

군데군데 썩어 있는 곰팡이들을 깎아내는 데 애를 먹었다.

기둥을 박아야 할 땅을 더욱 깊이 팠다.

손에는 굳은살이 박였다. 상처들이 온몸을 채웠다.

태풍의 피해는 되도록 잊고 싶었지만 오히려 결코 잊지 않기로 했다.

지붕에 마지막 벽돌을 얹는 순간이 언젠가는 올 것이라고 믿으며,

오늘도 하나의 구조물을 세운다.

고1 겨울방학 동안은 어머니 가게에서 보냈다. 한 달에 50만 원이나 되는 하숙비도 줄이고 어머니의 배달 일도 도와주기 위해서였다. 한 달이 넘는 기간 동안 입을 옷 세 벌을 가방에 챙겼다.

점심 때만 되면 어머니 가게의 주변 회사에서 배달 전화가 빗발쳤다. 내 손도 모자라서 어머니의 손까지 빌려야 했다. 한 곳을 배달 갔다 오면 쟁반에는 다음 배달할 음식들이 놓여 있었다. 사람이 많은 곳은 쟁반에 담긴 음식의 양이 많아서 몇 번이고 차 위에서 쉬었다가 가곤 했다. 허리를 짓누르는 무게는 팔뚝을 간질였다. 배달을 하다 보면 모두 내던지고 가출하고 싶은 충동이 숱하게 일었다. 하지만 언제나 그랬듯이 충동 뒤에는 어머니의 땀 흘리는 모습이 새겨져 있었다.

덕분에 팔뚝에는 작은 알통 두 개가 생겼다.

가게에는 방이 따로 없었다. 손님들의 발때가 묻은 마룻바닥에서 자야 했다. 마룻바닥의 테이블을 한쪽으로 모두 밀어내도 내 다리를 쭉 뻗을 수가 없었다. 새벽마다 밑으로 고꾸라지는 목을 챙기느라 곤히 새벽잠을 이루지 못하였다. 몸을 최대한 웅크리고 잠을 청해보았지만 미련한 몸은 새벽이면 다시 펴져서 목뼈를 귀찮게 하였다.

가게의 매상은 하루가 다르게 뛰었다. 장부에 기록되는 액수는 어머니가 사당동에서 도시락 장사를 하였을 때를 뛰어넘어가고 있었다. 어머니가 버는 돈은 하루 생활비하고 백만원이 넘는 가게 월세와 시설비, 보증금, 그리고 하숙비 50만원을 메워나갔다. 아슬아슬한 하루하루를 보냈지만 마음만은 넉넉하였다.

*

핸드폰이 생긴 날이었다. 그러나 마음은 영 편하지 않았다. 어머니와 헤어지고 누나와 둘이 남으니 어머니와 연락이 끊긴 검은 양복 남자들의 전화는 누나에게 몰렸다. PC방에서 인터넷을 하다가 전화를 받고 밖에 나간 누나가 한 시간이 지나도록 들어오지 않아서 나가보면, 누나는 전화를 잡고 계단에 쭈

그리고 앉아서 울고 있었다.

결국에는 그 짐을 내가 지기로 했다. 누나의 핸드폰을 내가 받기로 했다. 걸려오는 검은 양복을 입은 남자들의 욕설을 내가 상대하기로 했다. 핸드폰을 끊을 수도 있었지만 그렇다면 상황은 똑같아진다. 전화가 되지 않으면 누나의 학교로 몰릴 것이 분명하였다.

누나의 금융불량, 어머니의 신용불량, 나는 미성년자라는 이유로 작은이모 이름으로 누나의 핸드폰을 새로 맞추었다. 간단했다.

계약서에 서명한 후 한 시간이 지났다. 개통이 되자마자 내 손에 들린 핸드폰이 신랄하게 온몸을 흔들기 시작했다.

"여보세요?"

굵직한 목소리가 흘러나왔다.

"최민영 전화 아닙니까?"

"아닌데요. 저희 누나인데 이제부터 제가 쓰기로 했어요. 아저씨들 전화 때문에."

한 명씩 누나에게서 떨어뜨려놓았다.

내 또래 친구들은 핸드폰으로 여자친구와 즐거운 통화를 하고 있을 것이다. 그러나 나는 빚쟁이들과 정겨운 통화를 하여야 했다.

하숙집에서 자고 있노라니 전화가 울렸다.

“여보세요?”

“관석아, 여기 가게인데 빨리 나와. 어떤 아저씨가 엄마한테 해코지하려고 해.”

가장 우려했던 일이 일어났다. 어머니를 건드리는 남자들의 추태가 나타나기 시작했다. 위에 티 하나를 걸치고 뛰어나갔다. 겨울이라 문을 나서자마자 귀가 시려왔다.

가게에 도착하니 벌써 가게 안에서는 싸움이 한창이었다. 어머니와 싸우고 있는 사람은 우리를 도와주웠던 S아저씨였다. 나는 S아저씨도 어머니를 도와주러 온 줄 알았다.

상황을 파악하지 못하고 어머니의 손을 잡고 뛰쳐나왔다.

“엄마, 왜 그래?”

“저 사람이 몸을 건드리며 추근대잖아. 엄마가 그런 짓 제일 싫어하는 것 알지? 돈이 없어 죽을 때 죽더라도 깨끗하게 죽을 거야, 엄마는.”

“저 아저씨?”

믿어지지 않았지만 어머니의 고개는 끄덕이고 있었다.

“관석이는 들어가 있어. 네 엄마가 오해해서 그래. 이 아저씨 믿지?”

S아저씨의 표정이 더욱 일그러졌다. 퍼진 몸과는 맞지 않게 이마를 형성하는 세 가닥의 주름이 아래로 처지더니 번뜩거리는 두 눈이 나를 응시하였다.

“뭐가 오해야?”

S아저씨는 내 얼굴을 보면서 아니라고 손을 저었다. 그러더니 어느새 덩치 큰 S아저씨는 우리 앞을 가로막았다. 어머니와 나는 S아저씨한테서 빠져나가려고 발버둥쳤다.

실랑이가 계속되었다. 2시가 넘어가고 3시가 넘어가고. 한겨울에 새벽공기는 손가락 끝의 감각을 얼게 만들었다. 이 사람을 힘으로 떼어낸다는 것은 애초부터 불가능하였다.

나는 지나가는 사람들의 도움을 구하려고 주위를 두리번거렸다. 그러나 어쩌다 지나가는 사람이라고는 술에 절어 비틀거리는 사람들뿐이었다.

나는 어머니 앞에 서서 어머니에게 다가오는 큼지막한 손을 막았다. 시간이 흐르면서, 우리가 돈이 없다고 이런 추태를 받아야 하나 하는 생각이 들었다. 분했다.

"야! 이 새꺄, 제발 가란 말이야."

나는 견디다 못해 욕을 내뱉었다. 나약한 모습을 보이기 싫어서 눈물을 감추기 위해 "으악" 소리를 질렀다.

돈 때문에 이런 일을 겪는다는 사실에 눈시울이 뜨거워졌다. 나의 눈물을 본 S아저씨는 뭐라고 궁시렁대더니만 우리를 놓아주고는 앞으로 조심하라고 으름장을 놓았다.

손톱에 긁혔는지 손목에서 피가 흘러나왔다. 정확히 손목이 부러졌던 자리였다. 어머니는 몸을 떨고 있었다. 언제고 이런 일이 또다시 닥칠 것 같았다.

"엄마, 앞으로 어느 남자가 불러도 절대 나가지 마. 나가더

라도 나한테 말하고 가, 알았지? 정말 같은 남자로서 엄마한
테 미안하다."

*

　계속되는 하숙비의 부담과 하숙집 생활에서 누나에게 가는
스트레스 때문에 우리는 하숙집을 나오기로 했다. 13일까지
방을 비워준다고 주인 아줌마께 당당하게 약속한 뒤로 닷새가
지났다.
　어제는 이화여대 후문에 있는 원룸에 갔다. 언덕 위에 위치
한 두 개의 빌라는 모두 원룸으로 이루어져 있었다.
　주인이 나와서 우리를 기다리고 있었다.
　"전…… 전화하…… 하셨던 분 맞…… 맞죠?"
　얼굴에 한가득 미소를 머금고 우리를 맞이하는 젊은 주인은
서른을 갓 넘어 보였다. 그러나 입술만 길게 늘어지는 미소와
날카로운 눈매의 어울리지 않는 대치가 자꾸만 거슬렸다.
　"저기예요?"
　"네. 녹…… 녹색 지붕 보…… 보이시죠? 바…… 바로 저
기입니다. 저희 원…… 원룸은…….."
　주인의 집 자랑이 끝을 모르고 이어졌다.
　귀를 거슬리게 하며 낱말 첫음이 끊기는 더듬는 말과 달리

250

방은 우리 세 식구의 마음을 빼앗을 정도로 괜찮았다.

"얼마예요?"

"아~네. 하…… 한 달에 오십만원씩 일…… 일 년치 육백만원만 먼저 받기로 하죠."

"저기…… 매달 드리면 안 되나요?"

"보…… 보시다시피 이런 원룸 어…… 어디를 가…… 가도 없습니다. 시…… 시설도 좋고……."

"밀리지 않고 드릴게요."

"아~ 저…… 저희 정말 힘…… 힘 많이 들였습니다. 고…… 공간을 최대한 늘…… 늘리기 위해 옷…… 옷장도 벽 안에 집어넣고……."

어긋나던 서로의 대화는 일방적인 주인의 자랑으로 끝을 장식하였다.

원룸을 나와 가게로 이어지는 버스를 탔다. 버스 안에서 생활정보신문을 뒤적거렸다. 월세란은 어제 지났고, 오늘은 원룸란을 지났다. 마지막으로 넘긴 장은 고시원란이었다.

"민영아, 그럼 다른 방 얻을 때까지 고시원에라도 잠시 가 있을래?"

"아무데나 좋아."

"누나, 하숙집 생활이 싫다면서 고시원은 괜찮아? 그럼, 싫다는 게 일반적인 하숙 생활이 아니라 우리가 있는 하숙집을 이야기한 거야?"

누나는 대답하지 않았다.

우리를 찾는 고시원은 여기저기 널려 있었다. 성신여대에 내려 M고시원을 찾아갔다. 허름한 계단을 올라갔다.

어머니가 출입문을 열자 한눈에 펼쳐지는 수십 개의 작은 문들. 모든 문들이 삐뚤어짐 하나 없이 다닥다닥 붙어 정렬된 채 눈으로 들어왔다. 문만을 사다가 붙여놓은 것 같았다.

"엄마…… 이게 고시원이란 곳이야?"

말로만 얼핏 들어 상상 속으로만 존재하던 하나의 공간을 실제로 보고 약간의 충격을 받았다.

비어 있는 방 중 한 곳이 열렸다.

습한 공기가 역하게 머리를 어지럽혔다. 왼쪽 벽에 겨우 어깨가 들어갈 만한 침대가 놓여 있었고, 침대 발 부분 바로 위에는 책상으로 쓰라는 듯 나무 널빤지 하나가 실려 있었나. 사다가 잠꼬대라도 하는 날이면 다리에 상처를 입기에 제격이었다. 널빤지 위에 3단 책장이 놓여 있었다. 그리고 의자 하나.

학생이 필요한 건 다 갖추어져 있었다.

몸 안에 피가 빠르게 역류하기 시작했다. 재미있을 것 같았다. 어머니는 M고시원을 마지막 수단으로 삼기 위해 선불계약금 4만원을 주고 내일까지 연락하겠다는 말을 남겼다. 고시원을 나와 가게로 가기 위해 버스를 타려고 하는데 누나가 입을 열었다.

"창문이 없더라……"

얼굴에 먹구름을 가득 안고 가게에 도착했다. 테이블 위에
는 생활정보지가 수북이 쌓여 있었다. 연속된 긴장감 때문인
지 피로가 몰려왔다.

*

2000년 2월 13일 오후 6시, 내가 속해 있는 우리 학교 문예
반 '한붓'에서 회식을 하고 있는 중에 전화가 왔다.

빨리 짐 싸러 하숙집으로 가라는 것이었다. 그러나 나는 놀
고 싶었다. 결국 11시에 도착하여 어머니에게 욕을 들었는데
같은 문예반인 병률이가 더 미안해했다. 어머니의 꾸중을 듣
고 난 후 누나와 함께 하숙집으로 향했다. 종이상자를 수유리
에서 구해 들고 지하철을 타고 신촌까지 가는데 지하철 안에
서 사람들이 힐끗힐끗 쳐다보았다.

우리가 나오자 지하도에 있던 철문이 내려갔다. 마지막 열
차인가 보았다.

하숙집에 문을 살짝 열고 들어갔다. 깊은 밤이어서 조용히
발걸음을 옮겼다. 방문을 열자 바깥보다 추운 냉기가 살을 떨
게 만들었다. 발바닥이 시렸다. 우리 방의 보일러만 꺼져 있
었다.

주인 아저씨는 20여 일 동안 꺼놓다 하루 켜려니 귀찮고 아

까워서 보일러를 켜지 않았다. 짐을 싸는 소리가 하숙집 복도를 울렸지만 주인 아저씨는 보일러를 켜기는커녕 얼굴 한번 내비치지 않았다.

서둘러 짐을 쌌다. 새벽 5시에 하숙집 앞으로 이삿짐 트럭이 오기로 되어 있었다. 그 시간이 넘으면 검은 양복의 남자들이 우리를 감시하러 왔다가 이사 가는 모습을 보고 가만히 있을 리가 없었다.

그런 대로 짐은 빨리 싸서 시간은 2시를 가리켰다. 이불까지 다 싸버렸으니 잠자기도 마땅치 않았고, 잠도 안 오니 카페에 가서 있자고 했다. 24시간 카페에 갔다.

3시가 넘으니 잠을 참기가 힘들었다. 잠을 이겨보자고 하숙집 누나와 형들에게 쓰기 시작한 편지도 모두 끝났다. 누나도 졸렸는지 우리는 하숙집으로 와서 자기로 했다.

누나와 나는 이미 싸놓은 이삿짐 속에서 이불을 꺼내기가 귀찮아 옷 하나만 걸치고 잠이 들었다. 잠을 이루고 시간이 흐르자 몸에 오한이 일기 시작했다. 너무나 추워서 눈은 떠지고 잠은 계속 오는 고행의 시간이었다. '사람이 이렇게 해서 얼어 죽는구나.' 오히려 밖에서 자는 것이 이보다는 나을 것 같았다.

6시부터 나 혼자 짐을 들고 3층에서 1층까지 오르락내리락을 20여 회. 하숙집 아저씨는 예의상 얼굴을 내밀었지만 낑낑거리며 짐을 들고 있는 누나를 보고도 손 하나 까딱하지 않았다. 하숙집 문 앞에다 짐을 가득 쌓아놓으니 트럭 한 대가 왔다. 짐을 싣고 미아동으로 출발했다.

나는, 가는 동안 계속해서 뒤를 돌아보았다. 배웅도 나오지 않는 하숙집 주인이 그리워서가 아니라 검은 양복의 남자들의 차를 찾기 위해서였다.

*

어머니와 누나와 함께 가게에 앉아 한가로운 시간을 보내면서 대화를 나누었다.

"너희들 우리 흑석동 집에서 쫓겨 나와 돈이 없어서 쩔쩔맸을 때 기억나?"

"응."

"그때 엄마 친구란 아줌마가 돈 빌려주어서 우리가 살았잖아?"

"누구?"

"거, 왜 있잖아. 마지막에 전화 걸어서 돈 빌려준 아줌마 말이야."

"아!! 엄마 동창이라는?"

"그래. 그 아줌마가 그저께 죽었대. 아파트 십오층에서 떨어져서……."

"왜? 잘산다며?"

"자세한 건 모르겠어. 아마도 가정 불화 때문인 것 같아. 우리는 아무리 돈 걱정을 해도 서로 몸 건강히 행복하게 지내는 것만으로도 감사하게 생각하자."

공기가 무겁게 가라앉았다. 침묵이 흘렀다. 어느 아줌마의 도움은 얼굴도 보지 못하고 빛을 잃어갔다. 그 아줌마는 우리에게 생명의 은인이었다. 꼭 만나보고 싶었는데…….

가게에서 일하는 아줌마가 설거지하는 소리가 침체되어 있는 분위기를 깼다.

"엄마, 나 어떡하지? 그 무슨 실업 있잖아. 어제 어떤 사람이 전단지를 가져오더니 나한테 한 장 보여주었어……."

누나의 말꼬리가 흐려졌다.

"그 종이에 어떻게 써 있었는지 알아? '이 학교 법학과 3학년…… 돈을 떼어먹고…….' 엄마한테 연락 안 하거나 돈 빨리 안 갚으면 이미 뽑아놓은 몇천 장을 학교에 돌린대. 정말로 돌리면 어떻게 해?"

이야기는 검은 양복을 입고 들어온 남자가 문 앞에 가만히 서서 우리를 응시하는 것을 알아차리면서 끝이 났다. 누나는 억울함을 말이라도 해서 풀고 싶었지만 할 말을 다 하지 못하자 테이블 위를 보며 고개를 떨구고 있었다.

"이, 해, 순, 씨. 여기 숨어 계셨구만. 도망 다니면서 잘 있었수?"

세 식구의 눈이 검은 양복을 입고 있는 남자에게 향했다. 심장이 뚝 떨어졌다.

문을 열고 있는 사람 뒤에는 다른 곳에서도 온 검은 양복의 남자들이 수십 명 서 있었다. 어머니 가게 앞 도로에는 모양이 전부 같은 검은 차들이 언제부터 있었는지 줄을 이어 서 있었다.

"어…… 어떻게……."

어머니가 말을 더듬거렸다.

"당신, 친구 하나는 잘 두었어. L씨 알지? 당신 사십 년 친구라는 여자한테 전화 몇 번 했더니 바로 가르쳐주던걸."

우리 세 식구의 얼굴에 검은 먹구름이 해일을 만들어 덮쳤다.

흑석동에서 나올 때 어머니와 싸웠던 친척 아저씨를 보고 느꼈었던, 차츰 잊어버리려고 지금까지 노력해왔던 감정 하나가 가슴 한구석에서 살아 올라와서는 요동을 쳤다. 지금 우리 앞에 서 있는 검은 양복의 남자들은 눈에 들어오지 않았다.

"옆집 가게 얘기하는 거 들어보니까 장사 잘된다는데……."

"알았어요. 제가 지금은 돈을 준비 못했으니까. 내일 다시 오세요."

"이번에도 거짓말하면 너희 셋 다 재미없을 줄 알아. 그럼 내일 보지."

검은 양복의 남자는 미소를 머금고 사라졌다. 그나마 다행인 것은 그들이 아무것도 손대지 않고 물러갔다는 것이다.

다음날, 학교가 끝나고 우리는 패스트푸드점에 가서 커피 석 잔을 시켰다.

어머니는 오늘부터 가게문을 닫았다. 여전히 우리에게 돈이라는 것은 없었다. 어머니는 이번에도 일어날 수 있는 기회를 40년 친구라는 한 사람 때문에 날려버렸다. 악순환은 계속되었다.

어머니는 어제부터 40년 친구라는 L아줌마에 대해서 언급하지 않았다. 어머니 가게를 알고 있는 유일한 사람 중 하나이니만큼 어머니는 그 사람을 신뢰해왔다. 일전에 김옥진 선생님께서 증오하고 경멸하는 것이 무관심보다 낫다고 말씀하신 적이 있다. 어머니는 L아줌마를 머릿속에서 지워버린 것인지, 이제는 사람들의 배신에 익숙해져 있는지 모르겠다.

지금쯤 검은 양복의 남자들은 닫혀 있는 가게 앞에서 우리처럼 허탈해 있을 것이다.

패스트푸드점에는 학교가 끝난 동네 중고등학생들이 생활정보지를 펼쳐놓고 일자리를 찾는 어머니의 모습을 힐끔거렸다. 이제 그런 시선쯤은 느긋하게 바라볼 수 있게 되었다.

어머니는 새벽 5시에 나가서 오후 3시에 들어오는 식당 일을 택했다. 수영장 선생님들과 그 수영장에 속한 유치원생들의 아침과 점심식사 준비였다.

두 번이나 일어설 수 있는 기회는 교통사고와 친구였던 한 사람의 말 한마디에 무너졌다. 어머니는 이제 새벽마다 출근해야 했다.

*

누나와 함께 집에 앉아서 공부하고 있는데 전화가 한 통 왔다.

"이, 이해순이 아들이나?"

목소리가 갈라지는 노인의 목소리는 거부감을 갖게 했다.

"나, 너희 엄마 사촌오빠야."

"네."

"응…… 그러니까 너희한테는 오촌 당숙이지."

"네."

"너희가 힘들다고 들었는데, 해순이한테서 연락이 끊겼어. 도와주고 싶거든."

처음에는 사촌이라는 말도 오촌이라는 말도 믿지 않았다. 어머니에게 접근하지 못해서 이런 식으로라도 우리에게 접근하여 호감을 갖게 한 후에 어머니의 관심을 끌려는 사람들을 항상 봐왔고, 지금 이 사람 역시 그들 중 한 명일 줄 알았다. 그들은 언제나 자식인 우리에게 잘해주고 나서 등을 돌린 후,

잘해준 대가를 빚으로 돌려 그것을 빌미 삼아 우리를 그들의 노예처럼 갖고 놀려고 했다. 그러나 어머니는 그러한 짓에 놀아날 만큼 만만한 사람이 아니었고, 그럴수록 그들은 더욱 흉폭해졌다.

새벽에 싸웠던 S아저씨도 그 이후로 누구보다도 난폭하고 잔인한 빚쟁이가 되어서 찾아오고 있었다. 어째서 어른들은 같은 남자로서 깨끗한 모습을 보여주지 못하는 걸까? 괜히 누나와 어머니에게 내가 더욱 미안해졌다.

그렇지만 나는 그들의 잘못된 행동들을 교훈으로 삼고 인생의 한 단면에 대해서 배울 수 있었다.

전화를 받고 나서 한 달이 지났을까? 오촌 아저씨께서는 집에 컴퓨터를 사들고 오셨다. 집이 좁아 큰 물건은 대부분 사양하지만 컴퓨터는 예외였다. 컴퓨터를 받자 이제는 보고서 숙제를 하기 위해 PC방 아줌마의 눈치를 볼 일도 없을뿐더러 갈 일도 없게 되었다.

오촌 아저씨께서는 누나와 나에게 여러 말씀을 하셨다.

"너희가 힘들게 살지만 하고 싶은 것이 있다면 무엇이든지 해봐야 한다고 생각한다. 하지 않고 앉아서 후회하는 것보다 실패를 하더라도 시도해보는 것이 좋다. 골프를 배우고 싶으면 골프장 근처에 가서 골프공이라도 주워라. 무엇이든지 젊었을 때 해두면 늙어서도 도움이 된단다."

오촌 아저씨께서는 아버지한테 들어야 할 이야기들을 해주셨다.

아저씨는 생활비가 없어 곤란할 때면 소리 없이 해결해주셨고 용돈이 없어서 책을 사지 못할 때에는 조용히 불러 만원짜리를 쥐어주시곤 하셨다. 오촌 아저씨의 등장은 마른 땅에 단비가 내린 것처럼 또 하루의 생명을 연장할 수 있는 힘이 되었다.

*

오촌 아저씨의 도움에도 불구하고 생활은 어려웠다.

"아빠한테 갔다 와봐. 이제 용돈 정도는 보태줄 수 있을 정도로 시간이 지났잖아? 여태까지 소식 한번 없었잖니?"

어느 날, 어머니가 불현듯 말을 꺼냈다.

누나와 함께 버스를 타고 2년 전 찾아가봤던 길을 생각하며 일산으로 향했다. 버스 노선도 그대로였고 한적한 도로 위에 내리쬐는 햇살도 변함이 없었다. 아버지의 공인중개사 사무실 외관도 마찬가지였다.

만나면 서먹할 것 같기도 하고 울 것 같기도 해서 얼른 들어가지 못하고 유리창 너머에서 기웃거렸다. 특수유리여서 밖에서 안이 잘 보이지는 않았지만, 우리가 찾는 아버지는 없음에 분명했다.

"누나, 아빠 없는데?"

"그런데 왜? 들어가면 되지?"

내가 하고 싶은 말은 그것이 아니었다. 사무실 안의 풍경까지 바뀌어 있다는 말을 누나에게 차마 하지 못했다. 싸늘한 냉기가 머리 위를 감쌌다.

문을 열고 들어갔다. 누나가 말했다.

"저, 여기 최용식씨 계세요?"

"그런 분 없는데요?"

내가 이어서 말했다.

"이상하다. 저번에 여기 주인이셨거든요."

"아! 아드님이세요? 많이 닮으셨네."

"네, 그분 어디 계세요? 여기 안 다니세요?"

직원은 곤란하다는 듯 눈을 깔더니 생각에 잠겼다.

"실은 저희도 연락을 해야 될 형편이거든요. 해결해야 될 문제도 있고 해서. 그렇지만 연락이 안 되네요."

"네? 정말이에요?"

알고 있지만 아버지와의 약속으로 얘기하지 않는 건지, 아니면 자식들한테는 말하지 못할 문제가 있는 건지 머뭇거리는 직원의 말이 꺼림칙하였다.

"네, 알겠습니다. 혹시라도 연락 오면 저희들이 찾아왔었다고 전해주세요. 안녕히 계세요."

누나는 내 손을 잡더니 밖으로 끌고 나왔다.

"집에 가자."

버스는 기다렸다는 듯이 미끄러져 들어왔다.

"누나, 아빠 우리 버린 거야?"

나의 질문은 창 밖을 보는 누나의 시선 속으로 사라져버렸다. 우리는 집에 도착할 때까지 한마디의 말도 하지 않았다.

차창 밖으로는 긴 노을을 끌며 해가 지고 있었다.

2001 '희망' 이라는 집

집이 완성되었다. 그럭저럭 집다운 형태를 갖추었다.
태풍의 흔적이 여기저기 남아 있지만 나에게는 최고의 집이었다.
앞으로 어떠한 일이 닥치더라도 나는 이 집을 지켜야 한다.
'희망' 이라는 이 집을······.

누나는 높은 경쟁률을 뚫고 두을장학재단의 장학생이 되어
서 졸업할 때까지 장학금을 받을 수 있게 되었다. 누나가 내는
등록금은 1년에 7만 2천원뿐이다.

큰이모께서 누나의 등록금을 한 학기 대주셨다. 이모께서는
이제까지 잘해주지 못해서 미안하다며 통장으로 누나의 등록
금을 보내주셨다.

그리고 우리가 돈을 빌렸던 사채업자 중 한 분께서 지금껏
우리를 도와주고 계신다. '차기남' 씨. 누나가 고시공부를 하
는데 워크맨이 없어서 친구들에게 빌려와서 힘겹게 공부할 때
워크맨을 사주셨고, 간간이 생활비와 용돈을 보내주신다. 처
음에는 이 아저씨의 도움이 내키지 않았다. 오촌 아저씨도 처
음에는 우리를 도와주었다. 그러나 어느 날인가부터는 그걸

빌미로 어머니를 괴롭혔고 사채업자로 변하였던 것이다. 이제
는 더 이상 사람들을 쉽게 믿을 수가 없다.

*

어머니가 없었다면 지금의 누나와 나는 없었을지도 모른다.
우리가 힘들 때마다 어머니는 흔들리지 않고 혼자서 모든 것
을 감당해내며 가장 역할을 해왔다. 한 가지 바람이 있다면 어
머니가 오래 사는 것이다. 몸살을 앓아 누우면 이제 죽나 보다
하는 어머니께 나는 항상 말한다.

"엄마, 지금 죽으면 억울하잖아. 고생만 하고 죽고 싶어?"

방에는 어머니의 공간이라고는 하나도 없다. 좁은 방에는
누나와 나의 책상, 책들로 가득 차 있다.

그런 어머니가 요즈음 많이 흔들린다. 눈물도 적잖게 보인
다. 한계에 이른 것 같다. 그 동안 지탱해온 것만 해도 놀라울
따름이다.

어머니께 잘못을 하면 '이러면 안 되는데, 잘해드려야 하는
데'라고 생각하면서도 행동은 냉정하리만큼 나의 다짐을 꺾
어놓는다. 나는 아직도 철부지에 머물러 있나 보다.

항상 어머니께 죄송하다.

"나 가출했어."

친구들이 이런 말을 하면 부러웠다. 다른 한편으로는 자신의 앞날을 보지 못하고 오늘만 생각하며 행동하는 그들이 한심스러웠다.

일명 양아치로 삐뚤게 나가고 싶은 적도 많았다. 나는 왜 다른 친구들과 달리 이렇게 살아야 하나? 친구들이 나에게 담배를 건넬 때도 많았다. 그렇지만 그때마다 떠오르는 것은 새벽에 시린 손을 불면서 일하러 나가는 어머니의 모습이었다.

곰곰이 생각해보았다. 어머니는 무엇 때문에 이 고생을 하면서 우리를 포기하지 않는 걸까? 자신의 목숨이 위협당하면서까지 단지 자식이라는 이유만으로 우리 곁에 있어주는 걸까? 우리만 없었다면 어머니 혼자서 잘살 수 있었을 것이다.

어머니가 사채를 쓴 것에 대해 원망해본 적은 없다. 오히려 우리에게 사채를 빌려준 사채업자들에게 감사하고 싶다. 사채는 살기 위한 마지막 방편이었다. 많은 빚이 뒤에서 기다리고 있을지언정 우리는 살고 싶었고 살아야 했다.

신문에서 보면 어려워진 가정형편으로 자식을 버리고 도망가는 부모가 많이 있다고 한다. 고아는 태어날 때부터 고아로 태어났을까?

*

　나의 제2의 어머니. 바로 우리 누나다. 하숙집에 있을 때 누나는 나에게 어머니 역할을 해주려고 많은 노력을 하였다.

　자신이 힘들게 벌어온 과외비에서 나의 용돈을 떼어줄 때, 어머니 대신 이것저것 혼을 내며 가르쳐줄 때, 나는 누나가 너무나 고마웠다. 힘든 상황 속에서도 침착함과 자신의 목표를 뚜렷이 갖고 흔들리지 않았던 누나의 모습. 어머니가 나의 정신적인 지주라면, 누나는 내가 지향하고자 하는 인간의 목표이다.

　누나와 싸웠던 날도 많았다. 누나의 꾸지람은 내가 잘되라는 것임을 알면서도 나는 누나에게 대들었다.

　보이지 않게 뒤에서 챙겨주고 생각해주는 누나의 고마움을 이제는 갚고 싶다.

*

　어렸을 적부터 나는 내가 모든 일을 해결할 수 있는 능력을 가진 사람이라고 생각했다. 세상에서 나보다 머리 좋은 사람은 없고, 목숨을 앗아가는 병에도 걸리지 않고, 만약 지구에 살고 있는 인류가 하루아침에 없어진다 해도 나만은 살아남을 것이라고 생각했다. 세상은 나를 중심으로 존재한다고 믿어왔다.

그러나 갑작스럽게 사회와 대면했을 때에는 다가오는 현실이 그렇게 만만치가 않았다.

내가 곳곳에서 일어나는 작은 일조차 해결할 수 없는 하찮은 존재라는 것을 알았을 때에는 앞으로의 나날들이 무서워지기도 했다.

지금까지 부모의 보호 아래 편안하게만 지내오던 누나와 나는 아직 사회로 나가기에는 모르는 것이 너무 많고 그로 인한 정신적인 혼란도 있었다.

그러나 살기 위해서는 현실을 견뎌내야 했고 당위적으로 받아들이는 수밖에 없었다. 그래서 나는 한발 앞서 지금 나에게 일어나는 일들을 즐기기로 했다. 나는 인생이란 연극의 주인공으로 생각하기로 했다. 그렇지 않으면 제정신을 갖고 살아나갈 수가 없을 것 같았다.

텔레비전 드라마처럼 한 가지 고난 뒤에 오는 결말이라고는 없었다. 때때로 어느 상황에서는 목숨을 부지하고 있다는 사실만으로도 자랑을 삼아야 했다. '이젠 틀렸구나', '정말 끝이구나' 라는 말을 입으로 되뇔 때마다 마음속으로는 살고 싶었다. 아니 살아야 한다는 정신으로 지푸라기라도 쥐어보려고 발버둥쳤다.

이러한 상황 속에서 우리가 모을 수 있는 재산이라고는 희망밖에 없었다. 어머니와 앉아서 앞날에 대해 이야기하고 있으면, 그것이 아무리 허황된 꿈일지라도 마음은 편안해졌다.

부유했던 시절은 한 장의 종잇조각이었고, 얻은 것이 있다면 그러한 생활을 했다는 자기 만족뿐이었다.

'가난'은 사회 생활을 하는 데 커다란 제약이었다. 어디를 가나 내려다보는 시선, 특히 신용불량이라는 단어는 사람을 아무것도 할 수 없게 만들었다. 사회 속에서 하나의 최하층계급이 '가난'이었다.

*

고3이 되었다.

내일의 목숨을 유지하는 것을 최우선으로 살아오다 막상 고3 수험생이라는 현실이 눈앞에 닥쳤을 때에는 막막할 뿐이었다.

나는 사업을 하고 싶다. 맨 처음 이 말을 어머니에게 했을 때 어머니는 경악을 금치 못했다.

"너도 아빠처럼 되고 싶니?"

어머니의 한마디가 나의 의지를 주춤거리게 만들었다. 그렇지만 아버지가 사업을 시작할 때부터 실패할 때까지의 전 과정을 옆에서 봐왔고, 실패의 원인도 나름대로 정리해보면서 지내왔다.

아버지가 실패한 '사업'이라는 놈이 얼마나 대단해서 우리를 이 지경으로 내몰았는지 알고 싶다. 그리고 그놈을 이겨보고 싶다. 자식으로서 아버지를 대신하여 복수를 해주고 싶다. 그렇지 않으면 평생을 '사업'이라는 놈한테 지면서 살아가는 패배자가 될 것 같다.

처음에는 힘이 들 것이다. 그렇지만 그것도 하나의 게임이다. 힘든 상황을 이겨내고 성취해야만 게임은 성립되는 것이 아니겠는가!

중학교 때부터 만화대여점, CD앨범 제작(중2 때 구상하였는데 컴퓨터가 없어서 가만히 있다 보니 석 달 후에 어느 기업에서 특허 발표해서 무산), 학습 사이트(정준이·병률이와 함께 고2 때 세운 계획으로 우리 공부도 할 겸 교과서 요점정리서부터 기출문제까지 홈페이지 하나를 만들어 올리는 것이었는데 기술 부족으로 무산), CD 장사 등등을 해오면서 배운 경영에 대한 조그마한 경험을 바탕으로 좀더 전문적인 지식을 갖추고 내 능력을 시험해보고 싶다.

에필로그

끝이 없는 암흑의 공간, 낯선 사람들의 눈초리. 그 안에 홀로 앉아 열아홉 개의 정류장이 지나가기를 기다리는 나. 지금도 우리 반 친구들은 자고 있을 것이다.

지하철 안에서는 언제나 눈을 감고 잠을 잔다. 잠도 쏟아져 내리지만 잠을 자고 난 후 눈을 뜨면 순식간에 도착해 있기 때문이다. 이런 일이 현실에서도 일어나면 얼마나 좋을까.

빨리 지나갔으면 하는 마음이, 제발 그 일이 일어나지 말았으면 하는 마음이 간절하면 간절할수록 꼭 어김없이 찾아오는 것이 세상일이었다.

어쩌다 운이 좋아 싫어하는 일이 비켜 지나갈 수도 있겠지만······.

결국 자기 스스로가 헤쳐나가야 한다. 오늘 나는 새로 올라온 3학년 담임 선생님께 장학금을 신청하러 가야 한다. 4년 동안 어렵게 살면서 깨달은 것은 내 앞길은 내가 만들어가야 한다는 것이다.

1학년 때 교무실에서 울던 생각이 난다. 그때 담임 선생님께서 인생을 터널에 비유하셨다.

'과연 나도 그렇게 될 날이 올까? 지금 이 시기를 생각하면서 웃음지을 수 있는 날이 올까?'

아마 그 대답은 아무도 모를 것이다. 그렇지만 나는 그날이 올 수 있을 때까지 뛰어야 한다. 견뎌내야 한다.

창문 밖으로 승강장이 보인다. 잠이 덜 깼다. 더 자고 싶다. 계속 눈을 붙이고 꿈속에서 머물고 싶다. 눈이 붙어서 떠지지를 않는다. 얼굴에 두 손을 갖다 대고 비벼본다. 고개를 흔들어 잠을 쫓아버리려고 나름대로 애를 써본다. 눈꺼풀이 안구에 붙어 뻑뻑하다. 안구건조증이라는 놈은 이럴 때 속을 썩인다. 눈을 깜박이는 와중에 한 아저씨의 손에 들려 있는 신문의 머릿글자가 반쯤 눈에 들어온다. '영광스러운 인생을……'

이 책을 쓰기까지 많은 고민이 있었다. 내세울 만한 것이 있는가?

그러나 나는 생각한다. 꼭 성공해야만 그 삶이 가치 있고 세상 사람들에게 감탄을 사는 것이 아니라고, 또한 힘들게 살아야만 그 삶이 대단한 것도 아니라고.

우리가 성공하지 못해서 빛을 못 보고 인생의 한구석에서 조용히 지내더라도 사람의 인생은 모두가 가치가 있다고 생각한다. 그리고 그 삶 속에서 희망을 갖고 살았다는 것을 보여주고 싶다.

경제적으로 부를 얻지 못하고 사회적으로 명예를 누리지 못해도 하루하루를 살아가는 그 인생 자체에 의미를 두고 싶다. 그리고 아무리 이룰 수 없는 꿈일지라도 그것을 좇으며 노력한다는 자체만으로도 자신에게 후회되는 일은 없을 것이라고 생각한다.

문이 열리고, 앞 칸에 타고 있던 친구 창희가 나를 보며 손을 흔든다. 창희에게 인사를 한다.

한 손에 가방을 들고 단정하게 차려입은 사람들이 나를 지나친다. 어제도 필시 봤을 법한 사람들. 그러나 친해질 수 없는 운명을 지닌 관계들.

지상으로 연결되는 계단 밑에 잠깐 멈추어 서서 위를 바라본다. 어느새 해가 떴고 뿜어져나오는 햇살이 얼굴 위로 쏟아진다. 창희가 나를 보며 빨리 오라고 손짓한다.

나는 웃으면서 뛴다. 나를 부르던 창희를 지나쳐 먼저 계단 끝에 도착한다.

둥지

ⓒ 최관석 2001

| 1판 1쇄 | 2001년 12월 27일 |
| 1판 2쇄 | 2002년 1월 11일 |

지 은 이	최관석
펴 낸 이	김정순
펴 낸 곳	(주)북하우스
출판등록	1997년 9월 23일 제1-2228호

주 소	110-795 서울시 종로구 운니동 98-78 가든타워빌딩 802호
전자메일	editor@bookhouse.co.kr
홈페이지	www.bookhouse.co.kr
전화번호	741-4145~7
팩 스	741-4149

ISBN 89-87871-99-1 03810
* 잘못된 책은 바꿔드립니다.

생애 최초의 기억

곤충채집하러 갔다가 길을 잃어 한참을 헤맸다.

결국 어느 집에 무작정 들어가, 울면서 전화번호를 얘기했더니 어머니가 달려오셨다.

6살 무렵이었을 것이다. 그 뒤로 나이가 먹어도 그곳에서는 계속 길을 잃었다.

가장 행복했던 때

아버지가 떠나기 얼마전부터 어머니와 아버지의 싸움이 잦았다.

집안에서 그 광경을 보고 말리던 누나와 나의 정신적인 고통은 점점 심해졌다.

어머니는 그런 우리에게 미안하다고 누나와 나를 데리고 부산에 데리고 가셨다.

부산에서 정말 하고 싶은 거 다 하고 먹고 싶은 거 다 먹으며 놀았었다.

힘들었던 그때 잠시라도 웃을 수 있었던 하루 동안의 기억이 가장 행복했던 시간으로 남는다.

가장 슬펐던 때

하숙집에 있을 때 주인아저씨가 보일러를 껐다.

누나와 둘이 새벽까지 카페에 있다가 잠이 와서 하숙집에 와서 잠을 잤는데

너무나 추워서 잠을 잘 수가 없었다.

짐을 모두 싸놓은 상태여서 이불도 꺼낼 수가 없었다.

그때 어머니 생각이 절실했고 부모님이 없다는 것이 이런 것인가 하며 누나가 깨지 않게 밤새 흐느꼈다.

앞으로 바라는 것

온 가족 온 식구가 모두 건강하고 오래오래 살았으면.

지원한 대학에서 좋은 결과가 있었으면.

내가 바라는 것 모두가 좋은 결과로 다가왔으면.

일어나지 않았으면 하는 것

누군가 더 이상 우리의 곁을 떠나지 않았으면.

더 이상 급격한 삶의 변화는 없었으면.

슬퍼하는 일은 없었으면.

엄마에게 하고 싶은 말

여기까지 우리를 이끌어온 어머니에게 감사하다는 말을 하고 싶다.

누나가 대학교에 입학하고 내가 고등학교에 들어가는 순간부터 생활이 힘들어졌지만

어머니는 누나와 나의 교육을 포기하지 않고 끝까지 밀어주셨다.

지금 가장 걱정되는 건 어머니의 건강이다. 어머니가 건강하셨으면 좋겠다.

누나에게 하고 싶은 말

끊임없는 노력으로 자신의 목표를 달성해나가고 있다.
지금 고시공부를 하는데 책 살 돈이 없어서 헌 책방에서 사서 보고 다시 파는 식으로 하는가 하면
그나마 힘든 날에는 하루치의 양을 복사까지 하면서 공부를 해왔다.
누나의 노력이 헛되지 않았으면 좋겠다.

아빠에게 하고 싶은 말

지금 소식이 끊긴 상태다. 아버지가 연락할까봐 전화번호를 바꾸지 못하고 있다.
하루빨리 연락이 왔으면 좋겠다.

이렇게 살고 싶다

서울에서 벗어나 안마당이 있는 넓은 전원주택에서 온 가족이 모여 사는 게 나의 꿈이다.
물론 서울에서 가까운 곳에서 살 것이다.
평범하게 사는 것은 싫다.
내가 꿈꾸는 집에서 나만의 사업을 하면서 살고 싶다.

세상에서 제일 좋아하는 것과…

내가 세상에서 제일 좋아하는 것은 나 자신이다. 나 자신을 먼저 좋아해야 다른 모든 것을
좋아할 수 있다고 생각한다. 싫어하는 것은 없다.